ACERCA DE ESTE LIBRO

LA COMPUGENIO
Betsy Byars

Cuando Kate recibe un mensaje en su computadora de un misterioso admirador, su esperanza es que sea de Willie Lomax, de quien está enamorada en secreto. El loco de Willie es capaz de pretender ser BB-9, un bromista de otro planeta en busca de una buena carcajada (de hecho, Willie se parece un poco al autorretrato de BB-9: una pera adornada con una pantalla de lámpara). Pero Kate se desanima cuando nadie quiere ayudarla a resolver el misterio del mayor romance de su vida. Sus padres no quieren que ande con ningún obsesionado de las computadoras (especialmente si es extraterrestre); su aturdida hermana está ocupadísima preparando la fiesta de cumpleaños del perro de la familia y solamente su mejor amiga, Linda, insiste en ayudarla …con una serie de planes destinados de antemano al fracaso. Willie pasa la prueba de Linda, demuestra que es inocente y no guarda rencor por el "accidente" que le ocurre mientras baña perros con detergente matapulgas. Asimismo, demuestra que es un ingenioso detective cuando se une a Kate en un divertido encuentro con el bromista extraterrestre.

Otros libros de Betsy Byars

After the Goat Man
The Cartoonist
Cracker Jackson
The Cybil War
The 18th Emergency
The Glory Girl
Go and Hush the Baby
The House of Wings
The Midnight Fox
The Summer of the Swans
Trouble River
The TV Kid
The Winged Colt of Casa Mia

LA COMPUGENIO

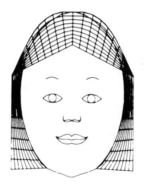

BETSY BYARS

Gráficos de computadora de Guy Byars

SCHOLASTIC INC.

New York   Toronto   London   Auckland   Sydney

Para Guy, con mi cariño

The Computer Nut/La compugenio

No part of this publication may be reproduced in whole or in part, or stored in a re-
trieval system, or transmitted in any form or by any means, electronic, mechanical,
photocopying, recording, or otherwise, without written permission of the publisher.
For information regarding permission, write to Viking Penguin, a division of
Penguin Books USA Inc., 375 Hudson Street, New York, NY 10014.

Copyright © 1984 by Betsy Byars.
Cover illustration copyright © 1991 by Scott Gladden.
Spanish translation copyright © 1993 by Scholastic Inc.
All rights reserved. Published by Scholastic Inc., 730 Broadway, New York, NY
10003, by arrangement with Viking Penguin, a division of Penguin Books USA Inc.
The text of this book is set in Times Roman.
Printed in the USA.

ISBN 0-590-47359-X
ISBN 0-590-29193-9 (meets NASTA specifications)

1 2 3 4 5 6 7 8 9 10   40   00 99 98 97 96 95 94 93

Contenido

Autorretrato de una compugenio   3

El mensaje perdido   10

La prueba de la leche con chocolate   17

La nave espacial   25

Un nuevo sospechoso   34

El lío con el matapulgas   40

La criatura de la computadora   48

Una llamada no deseada   55

La promesa   61

La prueba con la computadora Apple   68

Un amigo de la compugenio   73

El bromista espacial   80

El lado derecho del papel   88

Una sospecha   94

Autorretrato de BB-9   99

La cuenta regresiva   104

T menos cinco   110

La fiesta de cumpleaños de Harvey   116

El encuentro en el "Palacio de las
Hamburguesas"   121

¿Sabes este chiste?   128

El planeta de la risa   133

El planeta Gol   142

En el estadio   149

La despedida   156

Rumbo a Cabrigilio   163

LA COMPUGENIO

Autorretrato de una compugenio

Kate estaba dibujando su autorretrato en la computadora de su papá. Hacía una hora que lo estaba haciendo. Ya estaba por la mitad cuando entró la señorita Markham y se detuvo a su espalda en el marco de la puerta.

—Ya estoy lista para cerrar la oficina, Kate—dijo.

Kate se acomodó el pelo detrás de las orejas automáticamente y no respondió. Continuó moviendo sus dedos sobre el teclado, dibujando líneas entre los puntos. Sus ojos observaban la pantalla con intensidad.

—¿Me escuchaste, Kate? El último paciente ya se marchó. Tu papá se fue para el hospital. Ya es hora de cerrar la oficina.

—Se puede ir. Yo cerraré con llave cuando me vaya.

—Sabes que a tu papá no le gustaría.

—Bueno, *tengo que* terminar esto. Es una tarea de la escuela y hay que entregarla mañana.

—Katie…

—Señorita Markham, ésta es la primera tarea de arte interesante que he tenido. ¿Sabe usted lo que hicimos la semana pasada? Signos de escritura india con lana y la semana anterior pegamos macarrones sobre cartulina. Ahora, por fin estamos haciendo algo que me interesa y tengo que terminarlo.

La señorita Markham atravesó la habitación y se detuvo detrás de Kate. Contempló la pantalla mientras Kate conectaba los puntos que formaban su boca.

—Esto *no* parece una tarea.

—¡Lo es! Nos mandaron a dibujar un autorretrato.

—¿En una computadora?

—No. Se supone que usemos nuestra imaginación. Willie Lomax está haciendo un *collage* con envolturas de caramelos. Sus pecas son chocolates M & M. Lo va a llamar "El Comedulce".

—¿Qué nombre le vas a poner al tuyo?

—"Autorretrato de una compugenio ".

—Buen título.

—Me gusta.—Kate sonrió sin despegar la vista de la pantalla.

La señorita Markham observó cómo Kate dibujaba

círculos para formar los ojos. Suspiró.—Está bien, Kate, sigue trabajando hasta que me quite el uniforme.

—Gracias.

—Pero cuando esté lista *tendrás que* irte, hayas terminado o no.

—Habré terminado.

En el momento en que la señorita Markham iba a dirigirse a la puerta, añadió:—Si no has acabado, tendrás que llamarlo "Retrato incompleto de una compugenio". Te quedan diez minutos, Kate.

—Está bien.

Con los ojos fijos en la pantalla, Kate dibujó los cabellos con líneas rectas. Se detuvo para admirar su obra. "No está mal", se dijo. Escribió "Autorretrato de una compugenio", debajo del dibujo, golpeó la tecla que decía "Impresión" y esperó a que la impresora reprodujera el dibujo.

Cuando la hoja de papel salió por el costado, Kate la tomó.

"Se parece a mí", dijo para sus adentros.

Dio la vuelta para apagar la computadora y vio a la señorita Markham en el marco de la puerta.

—Justo a tiempo—señaló Kate y levantó el dibujo—. ¿Qué le parece?

—No está mal. Aunque nunca andas tan bien peinada.

—Lo sé, también tengo más pecas y llevo frenos en los dientes.

Examinó con expresión crítica la hoja de papel.

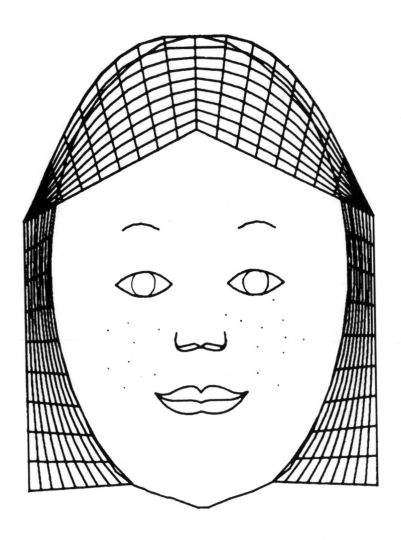

—Bueno, quedó mejor que el retrato con envolturas de caramelos de Willie. ¿Sabe lo que ocurrió el verano pasado? Se me había olvidado contárselo. Willie fue al mismo campamento de computadoras que yo, y cuando nos estábamos inscribiendo, su maleta se cayó y se abrió. Dentro había poquísima ropa, una camiseta y un par de medias. La maleta estaba llena de caramelos y chocolatinas. Llevaba suficientes chocolatinas como para...

—Kate, no tengo tiempo para hablar de Willie Lomax.

—¡Tampoco yo quiero hablar de él!—exclamó rápidamente Kate y se volteó hacia la computadora tratando de esconder la expresión de su rostro—. Sólo quería que lo supiera para que la próxima vez que él venga a un examen médico no le crea si dice que está siguiendo su dieta.

Kate sacó el disquete con el programa de dibujar. Con la intención de cambiar de tema, añadió:—¿Adónde va, señorita Markham? ¿Tiene una cita?

—Que perderé si no nos marchamos en este mismo instante.

—¡Ya voy! ¡Ya voy!

Kate estaba a punto de apagar la computadora cuando de pronto empezaron a aparecer palabras en la pantalla. Su mano, en busca del interruptor, quedó paralizada en el aire.

—¡Esto es increíble!

Miró en dirección a la puerta para comprobar si la señorita Markham se había dado cuenta, pero ella se encontraba en la otra habitación apagando las luces. Kate se hundió en la silla con su retrato en el regazo.

Las palabras en la pantalla decían:

ACABO DE VER EL RETRATO DE LA COMPUGE-
NIO Y ME GUSTARÍA HACER CONTACTO. ¿QUIE-
RES RECIBIR UN MENSAJE, COMPUGENIO ?

Kate volvió a leer las palabras. Sintió un escalofrío de emoción a lo largo de la columna vertebral.

—¡Señorita Markham, por favor venga acá!—exclamó—. Quiero que vea esto. Es muy extraño.

—Ya me voy, Kate. Te estoy esperando en la puerta con el abrigo puesto…tengo la mano en el tirador.

—¿Ha pasado algo raro con la computadora última-mente?

—Estoy abriendo la puerta, Kate.

—¡Espere! ¡Está ocurriendo de nuevo!

REPITO. TENGO UN MENSAJE PARA LA COMPU-
GENIO . ¿PUEDES RECIBIRLO? RESPONDE SÍ O
NO.

—Ya tengo un pie afuera, Kate.

—Señorita Markham, alguien me está enviando un mensaje. No puedo creerlo. ¡En la computadora! Alguien vio mi retrato y ahora me manda un mensaje.

—Voy a cerrar la puerta, Kate.

—¡Espere! ¡Déjeme recibir mi mensaje! Yo... ¡Bueno, ya voy!

Apresuradamente, Kate se acercó al teclado y escribió una sola palabra:

MAÑANA.

Después, se puso de pie y apagó la computadora. La pantalla se oscureció y, con su autorretrato en la mano, corrió hacia la puerta.

El mensaje perdido

—Esta tarde me pasó la cosa más increíble del mundo—Kate anunció cuando entró en la sala y se dejó caer en el sofá, al lado de su papá.

—Cuéntalo rápido, Kate—respondió su mamá—, tu papá va a salir por televisión después de este anuncio. Está haciendo una promoción para la Semana Nacional de la Salud.

—Dime, mi niña—la animó su papá—. ¿Qué te pasó?

—Bueno, estaba en tu oficina trabajando en la computadora. *No* estaba perdiendo el tiempo; estaba haciendo una tarea para mi clase de arte: dibujando mi autorretrato. El caso es que después de terminar el dibujo, que titulé "Autorretrato de una compugenio", apareció un mensaje en la pantalla. ¡Alguien se estaba comunicando conmigo!

—¿Un mensaje? ¿De quién?

—No sé, mamá. Parecía pura ciencia-ficción.

—Silencio, estoy a punto de salir—dijo su papá.

—Kate, no me gusta que te metas con desconocidos...

—Después hablamos, mamá.

Kate miró la imagen de su papá en el televisor. Éste cambió de posición en el blando sofá. Kate se sintió incómoda. Lo que le había ocurrido aquella tarde era emocionante y ahora, de pronto, era una preocupación para su mamá.

Miró a sus padres de soslayo. Estaban inclinados hacia adelante, mirando la pantalla del televisor con la misma intensidad que Kate había mirado la pantalla de la computadora. De repente, su papá se recostó en el sofá, desalentado.—¿En realidad estoy tan gordo?—preguntó.

—No, Sam. Sabes que las cámaras hacen parecer un poco más grueso a todo el mundo.

—¿Un poco más grueso que quién? ¿La ballena Lolita?

—Calla, Sam. Queremos oír lo que dices.

—¡Te diré lo que estoy diciendo! Les recomiendo a todos que pierdan peso y se hagan exámenes médicos con regularidad. ¡Nada menos que *yo* les aconsejo a que bajen de peso!

—¡Sam!

Kate esperaba con el autorretrato en el regazo. Tan pronto terminara la entrevista a su papá, se escurriría de la habitación. Quizás entonces, su mamá se habría olvidado del mensaje y…

—Muchas gracias, doctor Morrison—dijo el locutor—. Regresaremos con los deportes después de unos anuncios.

Kate se puso de pie.

—Fue muy informativo, Sam—señaló la mamá de Kate. Después, volteó a mirar a su hija—. Ahora, Kate, siéntate y hablemos sobre ese mensaje de la computadora.

Kate suspiró.—En realidad no tiene importancia, mamá.

—¿No tienes idea de quién te lo envió?

Kate negó con la cabeza.

—Sinceramente, estas computadoras se están poniendo igual que los teléfonos. No me gusta la idea de que cualquiera se pueda comunicar con uno.

—Mamá, no entiendes. No es que *cualquiera*…

—Déjame terminar. No quiero que des tu nombre y dirección a nadie por la computadora. Te lo digo en serio. Cualquier chiflado puede…

—¡Esto es increíble!—se lamentó Kate—. Es la primera vez que me pasa algo interesante y todo lo que se te ocurre es hablar de peligros. Si llegara a la casa y te dijera que fui elegida Presidenta de los Estados Unidos, protestarías: "Bueno, no quiero que vayas a países extranjeros porque bla... bla... bla".

—Kate, es por tu bien. Nosotros... Kate, no te vayas. Sam, habla con tu hija.

El doctor Morrison se enderezó y dijo:—Bueno, quisiera ver el autorretrato que mi bella hija hizo en la computadora—sonrió y extendió la mano.

Kate bajó la vista a la hoja de papel que tenía en la mano. Sin devolverle la sonrisa, se la entregó.

Su papá tomó el dibujo y lo colocó a contraluz.—¿Y después de ver esto, alguien te envió un mensaje?

—Sí. ¿Te parece raro?—Kate se asomó por encima del brazo de su papá y contempló de nuevo la hoja.

—No tiene nada de raro, Kate—su mamá apuntó—. Está muy bien hecho, pero volviendo a...

Bruscamente, Kate tomó la hoja de manos de su papá.—No les gusta nada de lo que yo hago.

—¡Kate!

—Es verdad. Ésa es la historia de mi vida artística: rechazo total.

—Kate, eres injusta. A nosotros nos gusta tu...

—¿Saben lo que esto me recuerda?—Kate se alejó de sus padres y caminó hacia la puerta—. En kinder, una vez hice un dibujo del mundo. ¡Del mundo entero! ¿Cuántas personas conocen que hayan hecho un dibujo del mundo entero? No se me olvida que la señorita Elliot me dio una hoja grande de papel periódico y di-

bujé y dibujé sin parar. Cuando terminé, tenía una
enorme bola verde llena de árboles, montañas y habitantes de muchos países. Me sentí muy orgullosa. La traje a
la casa y ustedes no me dejaron colgarla en la puerta del
refrigerador. ¡Dijeron que era muy grande y cubría el tirador de la puerta!

—¡Kate!

—Y ahora, siete años más tarde, trato de vencer mi
complejo y traigo a la casa este dibujo… y ocurre lo
mismo. Espero que a mi maestra de arte le cause mejor
impresión.

—Kate, a nosotros nos encanta tu dibujo, ¿no es
cierto, Sam?

—Siento haberlos molestado.

Kate salió atropelladamente de la habitación. Al darse
cuenta de que sus padres hablaban de ella en voz baja y
tono preocupado, se detuvo. Suspiró aliviada. Había logrado detener el regaño sobre las computadoras antes de
que su mamá le hiciera prometer que no contestaría ningún otro mensaje.

Kate escuchó la risa de su hermana Cassie y se paró
delante de la puerta de su habitación.

Cassie estaba hablando por teléfono. Rió de nuevo.
Kate se apoyó en la puerta, esperando a que su hermana
alzara la vista.

Cassie decía:—¡Yo también pensé que la jugada
había sido buena! ¡Todos los de mi alrededor pensaron
lo mismo! Todo el mundo estaba gritando y abrazán-

dose, por lo que me di la vuelta y abracé al muchacho que estaba a mi lado. ¡Pensé que habíamos ganado el partido!—de nuevo se rió—. Sí. ¡Y entonces nos enteramos que el tiro libre fue malo! Y le dije: "Esto es increíble. Te abracé sin conocerte y resulta que perdimos el partido".

—Cassie—llamó Kate desde la puerta.

Cassie levantó la mano. Estaba concentrada en la conversación telefónica. Rió. Entonces, cubriendo con la mano el auricular le preguntó a Kate:—¿Ya está lista la cena?

—No. Terminé mi autorretrato—le respondió alzándolo en la mano.

—Magnífico. Tienes que hacerme uno a mí.

—Y después—Kate continuó—, recibí un mensaje y...

Cassie hizo un gesto con la mano para detenerla y siguió hablando por teléfono:—¡Es él! ¡Ese mismo era! Y entonces, cuando estábamos saliendo del estadio, él...

Kate caminó por el pasillo hacia su habitación. Harvey, el perro de la familia, estaba acostado en la cama. Harvey cambió de posición con inquietud, sabiendo que tenía prohibido subirse a los muebles. Esperó, con las orejas echadas hacia atrás, la orden de bajarse.

—¿Quieres ver mi autorretrato, Harvey?

El tono de la voz de Kate lo hizo menear la cola: no corría peligro.

—Míralo.

Harvey olfateó la hoja de papel, bajó la cabeza hasta acomodarla encima de sus patas y cerró los ojos.

—Sabes, Harvey… ¡Alguien me envió un mensaje!

La cola corta de Harvey golpeó la colcha. Nunca había podido resistirse al entusiasmo.

—Yo también me siento así—Kate añadió—. Y sabes qué Harvey, voy a descubrir quién me lo envió.

La prueba de la leche con chocolate

—¡Un momento! Lo que me cuentas es exactamente igual a algo que vi por televisión.

Era mediodía y Kate y su amiga Linda entraban a la cafetería de la escuela.—Escucha—continuó Linda haciendo una pausa para tomar una bandeja—. Un muchacho y una chica comenzaron a comunicarse a través de computadoras, se citaron en un restaurante McDonald's y quedaron perdidamente enamorados. Eso es todo lo que pude ver, pues mi hermana dijo que tenía que ver un episodio de *General Hospital* para su clase de ciencias y mi mamá le creyó. Por supuesto, mamá se cree todo lo que mi hermana inventa. Ella dice: "Mi profesora de geografía quiere que vea *Dallas*", y mamá me dice:

"Linda, cambia el canal que tu hermana tiene que ver *Dallas*".

—Linda, esto no se parece en nada a ese programa. No sé quién me envió el mensaje. Puede haber sido una muchacha, un muchacho o un anciano de noventa años. No entiendes que…

—Por supuesto que no entiendo. ¿Cómo voy a entender? Cada vez que toco una tecla de la computadora, aparece un aviso de que hice algo mal. Incluso, con juegos. Un día estaba en casa de Roz Hammond y ella me convenció para que jugara con su computadora Apple a un…

—Linda, ¿puedes cerrar el pico por un instante y escucharme?

—Escuchar no es mi fuerte.

—Bueno, inténtalo. Esto *no* era un juego. Alguien trató de comunicarse conmigo, alguien que ni siquiera conozco, y todo lo que a mi mamá se le ocurrió decir fue que no le diera mi nombre pues podría ser algún chiflado.

—¿Qué dijo tu papá?

—Mi papá no dijo una palabra. Estaba deprimido porque se vio muy gordo cuando salió por televisión.

—Tu papá se ve gordo en la vida real, pero no digas que yo lo dije.

—No te preocupes.

—¿Sabes lo que tiene deprimido a mi papá?

—¿Tus notas?

—No, *debería* deprimirse por eso, pero lo que le preocupa es que piensa que le está saliendo papada y que se le está borrando el mentón—dijo Kate entre risas.

—¡Qué va! No es cierto.

—Bueno, él piensa que sí. Por eso, escucha, que esto es muy cómico. La semana pasada salió una foto suya en el periódico, pero mi hermana y yo la vimos primero y con mucho cuidado le borramos el mentón. No se notaba y doblamos de nuevo el periódico. Cuando mi papá lo abrió para leerlo y se vio sin mentón en la foto, tuvimos que correr a la cocina para que no oyera nuestras carcajadas.

Kate le pidió una tajada de pizza al empleado de la cafetería y le dijo a Linda:—Ven conmigo a la oficina de mi papá esta tarde y veremos si recibo de nuevo el mensaje.

—No puedo.

—Por favor, Linda.

—*Imposible*. Mamá contrató un profesor privado para mí. Logró encontrar el profesor de matemáticas más feo de toda la universidad. Se parece a... ¿Cómo se llama ese personaje de M*A*S*H que se pone ropa de mujer?

—Klinger.

—Se parece a Klinger. Y... —Linda se detuvo en seco. El plato de su hamburguesa se tambaleó peligrosamente en la bandeja—. Ya sé quién te envió el mensaje—exclamó.

—¿Qué dices?

—Ayer en la computadora. Sé quién fue.

—¿Quién?

—¿Estás preparada para lo que te voy a decir? Fue Frank Wilkins.

—Oh, Linda.

—Tuvo que haber sido él. Siempre está perdiendo el tiempo con las computadoras. De lo único que habla es de disquetes y de programas. Es tan fanático de las computadoras como tú. Y no te olvides que una vez se sentó a tu lado en el autobús y te dijo que estaba enamorado de ti.

—Linda, iba a ser miembro de un club que exigía a los nuevos miembros que se sentaran al lado de la primera chica que vieran, y dio la casualidad que yo...

—Sé que fue él. Tengo un instinto tremendo para estas cosas. Oye bien lo que vamos a hacer. Salgamos de la cafetería en el mismo momento que él. Fíjate, está sentado junto a Bubba Joe Riley. Ese Bubba Joe es un asqueroso. Mira cómo chupa la salsa de la pizza que le cayó por la muñeca. ¡Qué asco! Volviendo a lo nuestro, entonces, con la mayor naturalidad, tropezamos con Frank y, cuando él te mire y tú lo mires, sabremos la verdad. Vamos, come rápido.

—Linda—comenzó Kate mientras arrastraba una silla y se sentaba—. Tú no entiendes de computadoras. Uno no puede comunicarse con cualquiera que se le ocurra. Las computadoras están conectadas mediante líneas. Hay que...

—Mira, si hay gente que puede robar bancos y secretos atómicos por computadora, de lo cual me enteré en un boletín informativo durante el programa de *Bugs Bunny* el sábado por la mañana, entonces Frank Wilkins te puede haber enviado un mensaje.

Kate bajó la vista y la fijó en su pizza.—Linda, qué estupidez. Yo soy la última persona a quien Frank le mandaría un mensaje. Me detesta desde esa vez que tuvo que decirme que me quería.

—Mira, se está parando. Ya terminaron. Vamos, podemos comer afuera. Apúrate o perderemos la oportunidad.

—Linda, esto es una tontería.

—Parecerá natural. Déjalo en mis manos.

Linda salió disparada a través de la cafetería, arrastrando a Kate como si fuera un juguete. Esquivaron personas, mesas y sillas hasta encontrarse inmediatamente detrás de Frank Wilkins y Bubba Joe Riley. Entonces, disminuyeron el paso.

—Sólo tienes que actuar con naturalidad—señaló Linda.

Ahora Bubba estaba lamiendo salsa de pizza del puño de su camisa, mientras Frank le decía:—Moss dice que yo estaba ahí, pero yo me fui directamente a la casa después de clases. Estuve trabajando en la computadora. Mi mamá puede jurar que yo…

Linda agarró a Kate por el brazo. Kate se sintió como un títere.

Con los ojos clavados en la espalda de Frank, Linda se acercó más y esperó el momento adecuado. —Prepárate—le susurró a Kate. Cuando Frank levantó su caja de leche para tomar un sorbo, Linda ordenó—: ¡Ahora!

Linda empujó hacia adelante a Kate en el mismo momento en que Frank se detenía al lado de un cubo de basura para terminar su leche con chocolate.

Kate golpeó a Frank con todo el impulso que llevaba. Él se dio la vuelta y ella retrocedió tambaleándose. Con el ceño fruncido, Frank se limpió la boca. Se había manchado el suéter.

—¿Qué diablos te pasa?—le dijo.

Kate continuó retrocediendo hacia la cafetería. Se acomodó el pelo detrás de las orejas. Sintió que la cara le ardía.

—¿Por qué no miras por donde caminas?—le preguntó Frank. Apartó la mirada de Kate y la fijó primero en su suéter y, a continuación y con disgusto, en su mano mojada.

—Tropezó—la excusó Linda—. ¿Entiendes? Simplemente tropezó y lo siente mucho.

—¡Cómo no! ¡Ella lo siente muchísimo!

Frank arrojó con fuerza la caja de cartón al cubo de la basura y se alejó por uno de los pasillos. Todavía tratando de limpiar las manchas de su suéter, le dijo a su amigo:—Una vez me senté al lado de esa chica estúpida en el autobús y, desde entonces, me está persiguiendo.

Kate y Linda observaron en silencio cómo los muchachos desaparecían por el pasillo.

—¡Ay, Linda, fue horrible!—se lamentó Kate.

—Caramba, ¿cómo iba a saber que iba a parar de repente?

—¿Oíste lo que dijo? ¡Se cree que lo estoy persiguiendo!

—Se cree que *todas* lo estamos persiguiendo. Como quiera que sea, hemos reducido las posibilidades. Creo que podemos afirmar categóricamente que Frank Wilkins no es quien se está comunicando contigo. —Linda se apoyó en el marco de la puerta y empezó a reír—. ¿Viste su expresión? ¡Qué cómico!

—¡Estaba furioso!

—Frank Wilkins no soporta tener un pelo despeinado. Se cree Don Perfecto. ¿Te fijaste cómo se le pegó tu pizza a la espalda?

Kate miró aterrorizada la servilleta de papel en la que había envuelto su pizza. No quedaba nada de la tajada de pizza.

—Me gustaría estar presente cuando descubra que ha estado paseándose por toda la escuela con un pedazo de pizza en la espalda. No tiene ni gota de sentido del humor. En la clase de inglés, cuando nos reíamos por cualquier cosa, él se ponía a preguntar por qué todo el mundo se estaba riendo. Cuando Ervin Bubeck le explicaba, sólo dejaba escapar un "Ah" y comenzaba a peinarse.

—Me siento terrible, Linda.

—Yo no. Esta aventura me mejoró el día. De todas formas, no te preocupes. Averiguaremos quién se está comunicando contigo en la computadora. Te lo prometo. Va a ser mi proyecto personal.

A Kate, le sonó como una amenaza. Dejó caer la servilleta vacía en la basura y, con la cabeza baja, siguió a Linda por el pasillo.

La nave espacial

Era sábado por la mañana y había estado lloviendo durante tres horas: una lluvia torrencial y fría de octubre que anunciaba la cercanía del invierno.

Kate entró en la oficina de su papá, sacudiéndose las gotas de lluvia del impermeable. Se quitó la capucha y se dirigió al cuarto de la computadora.

—Está lloviendo a cántaros—le comentó a la señorita Markham.

—Me sorprende que tu mamá te haya dejado salir en un día como éste.

—Por poco no me deja. Me dijo: "El hecho de que seas hija de un médico no significa que hagas locuras con tu salud... bla... bla... bla". Y le respondí que yo nunca hacía locuras con mi salud porque, cuando me enfermaba, me daban las muestras gratis de medicina que le regalan a papá.

—¡Kate!

—Eso fue exactamente lo que contestó mi mamá: "¡Kate!". De cualquier forma, es verdad. Nunca en mi vida he tomado una medicina comprada en una farmacia. ¿Cuánto tiempo piensa quedarse?

—Hasta que termine con las cuentas.

—¡Pero eso demorará horas!

—Bueno, voy a tomarme un descanso dentro de cinco minutos. ¿Qué te parece?

—Mucho mejor.

Kate caminó hacia la ventana. Vio las calles empapadas de lluvia. Cerró las persianas; al abrirlas de nuevo, vio el mismo paisaje, y las cerró otra vez.

—¿Qué te ocurre?—le preguntó la señorita Markham sin levantar la vista—. ¿Por qué estás tan intranquila?

—No estoy intranquila. Sólo quiero saber quién me mandó ese mensaje. Y quisiera descubrirlo antes de que Linda me enloquezca completamente. Ayer, ella...

Kate calló abruptamente.

—¿Ella qué?

—No, nada.

Kate abrió de nuevo las persianas. El recuerdo de haber sido empujada encima de Frank Wilkins y de haber aplastado la tajada de pizza en su suéter le volvía a la mente como un eco, turbándola una y otra vez. Incluso ahora, sintió que se ruborizaba. Suspirando, le dio la espalda a la ventana.

—Está bien, está bien... la computadora es tuya. De todas maneras, tengo que hacer algunas llamadas por teléfono. La señora Brown sospecha que Arthur se tomó varias de las pastillas contra parásitos del perro. —Extrajo el programa de contabilidad, añadiendo—: Regreso dentro de veinte minutos, Kate.

Kate se deslizó en la silla tan pronto como la señorita Markham se levantó. Respiró hondo y dejó escapar el aliento. La señorita Markham no había salido de la habitación, cuando comenzó a teclear.

SOY LA COMPUGENIO. ¿TIENE UN MENSAJE
PARA MÍ?

Esperó observando la pantalla. Humedeció sus labios resecos. Escribió de nuevo.

REPITO. SOY LA COMPUGENIO. ¿HAY ALGÚN
MENSAJE PARA MÍ?

Esperó otra vez. Al ver que nada ocurría, lanzó un fingido grito de impaciencia.

—Ten paciencia—intervino la señorita Markham desde su escritorio.

—*Odio* esperar. Usted lo sabe.—Kate observó de nuevo la pantalla. Sus dedos tamborileaban sobre la mesa—. *Odio esperar...*

De súbito, Kate se enderezó. En la pantalla iban apareciendo palabras.

LA COMPUGENIO , LA RESPUESTA ES AFIRMA-
TIVA. SOY BB-9 Y ESTABA TRATANDO DE COMU-
NICARME CONTIGO.

"¿BB-9?" Kate se preguntó a sí misma. "¿Qué significarán esas siglas? ¿Quizás algún tipo de programa?"

A continuación, escribió:

NO SÉ QUÉ ES BB-9. ¿QUÉ SIGNIFICA?

La respuesta llegó de inmediato:

BB-9 ES UNA VERSIÓN CORTA DE MI DESIG-
NACIÓN. MI DESIGNACIÓN COMPLETA ES BB-
947-82-A-1070-BLX-09. ÉSTE ES UN CÓDIGO QUE
POR EL MOMENTO NO TIENE NINGÚN SIGNIFI-
CADO PARA TI. PERMÍTEME COMUNICARTE QUE
EN ESTE MOMENTO ESTÁS EN CONTACTO CON
UN SER PACÍFICO, SIN MALA INTENCIÓN, INTE-
RESADO EN UN INTERCAMBIO MUTUO DE IN-
FORMACIÓN.

Kate hizo una pausa. De pronto, deseó que Linda estuviera allí con ella para que se riera, se preguntara cuál sería la identidad verdadera de BB-9 y, finalmente, gritara: "¡Ya sé quién es, Kate!" Tragó en seco y escribió:

¿CÓMO FUE QUE VISTE MI AUTORRETRATO?

Aguardó un instante.

LO VI EN LA CONSOLA PRINCIPAL QUE RECIBE
TODAS LAS TERMINALES TERRÍCOLAS. TU AU-
TORRETRATO FUE LO ÚNICO INTERESANTE QUE
DETECTÓ MI CONSOLA PRINCIPAL EL JUEVES A
LAS 16:39. PARECE QUE TIENES BUEN SENTIDO
DEL HUMOR Y QUE DISFRUTARÍAS DE UNA
BUENA CARCAJADA. POR ESA RAZÓN DECIDÍ
COMUNICARME CONTIGO.

Kate miró fijamente las palabras. "Alguien se está
burlando de mí", pensó.

—¿Ya estás recibiendo tu mensaje?—preguntó la señorita Markham desde la otra habitación.

—Estoy recibiendo *algo*.

—Bueno, me cuentas cuando hayas terminado.

Kate dejó escapar el aliento entre dientes y escribió:

¿EXACTAMENTE DÓNDE SE ENCUENTRA ESA
CONSOLA PRINCIPAL? ¿A QUÉ DISTANCIA DE
MÍ?

Colocó la mano debajo del mentón y observó la pantalla.

LA CONSOLA PRINCIPAL ESTÁ A 2591.82 MILLAS
DIRECTAMENTE ENCIMA DE TI EN ESTE MO-
MENTO, MOVIÉNDOSE EN UNA ÓRBITA GEO-
SINCRÓNICA.

"¡Por favor! ¿Crees que me voy a tragar eso?", pensó Kate y colocó las manos encima del teclado.

¿QUÉ ERES TÚ? ¿UN SATÉLITE? UN...

—Ya estoy lista para usar la computadora, Kate— anunció la señorita Markham.

—Estoy a punto de terminar.

La respuesta estaba llegando. Kate se acercó a la pantalla.

NO SOY UN SATÉLITE, COMPUGENIO . SOY UNA
UNIDAD AUTÓNOMA, LO QUE USTEDES,
TERRÍCOLAS, DENOMINAN UNA NAVE ESPACIAL,
Y HE ESTADO OBSERVANDO LAS COMPUTADO-
RAS DE LA TIERRA EN PREPARACIÓN PARA UN
ATERRIZAJE EN OCTUBRE.

Kate resopló disgustada. "¿Un aterrizaje en octubre? ¿Quién se cree que es? ¿E.T., el extraterrestre?"

¿CÓMO, CUÁNDO Y DÓNDE VAS A REALIZAR ESE
ATERRIZAJE?

Esperó inclinada hacia adelante apoyándose en los codos.

LOS DETALLES CONCRETOS DE MI ATERRIZAJE
NO PUEDEN REVELARSE EN ESTE MOMENTO. SIN
EMBARGO, ME ALEGRARÍA PODER DIBUJARTE MI
TRANSPORTE ESPACIAL. NO ES UN VEHÍCULO

FUERA DE LO COMÚN. ES MUY SEMEJANTE A LOS
OTROS QUE HAN VIAJADO A TU PLANETA, PERO
SI TE INTERESA...

Kate tecleó:

CLARO QUE ME INTERESA.

—¿Ya terminaste, Kate?—preguntó la señorita Markham.

—Déjeme echarle una ojeada a esta nave espacial—contestó Kate.

—¿Nave espacial?

—Sí, hay un loco que dice ser del espacio y me va a dibujar su nave espacial. No es nada extraordinario, simplemente un platillo volador en el que se ha estado paseando por la galaxia.

—Esto no me lo puedo perder.

La señorita Markham entró en la habitación y se paró detrás de Kate. Ambas observaron las líneas que iban apareciendo en la pantalla. Por un instante, la oficina permaneció en absoluto silencio.

Entonces, cuando el dibujo estuvo terminado, la señorita Markham dejó escapar un silbido.—Bueno—dijo—. Como nave espacial, no está mal.

Kate golpeó la mesa con las manos.—Detesto que me tomen el pelo. Lo *odio*.

—No seas tan vehemente, cariño. Tomas la vida muy en serio. Se trata de un bromista. Síguele la corriente y pídele que te envíe un retrato suyo y otro de su planeta.

¿QUÉ PIENSAS DE MI NAVE ESPACIAL, COMPU-
GENIO ? ¿TE SIENTES DESILUSIONADA? ¿ERA LO
QUE ESPERABAS?

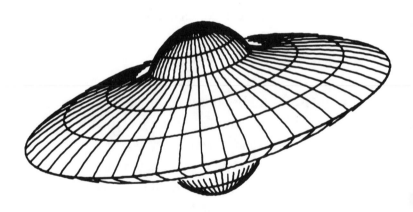

—Respóndele que sí, que te gustaría dar un paseo en ella. Dile que quisieras encontrarte con él enfrente de esta oficina y pregúntale si tiene un amigo extraterrestre para mí.—La señorita Markham rompió a reír y puso las manos sobre los hombros de Kate—. Me estoy dejando llevar por el entusiasmo. Cualquiera que sea tu respuesta, tendrá que ser en otra oportunidad, pues necesito la computadora ahora mismo.

Kate escribió:

LA COMPUGENIO TERMINA CONTACTO.

—Ahí la tiene—dijo Kate poniéndose de pie y encaminándose a la ventana. Observó con fijeza la calle mojada.

—Descubrirás quién es—la consoló la señorita Markham.

Kate se acomodó el pelo detrás de las orejas.

—Me está empezando a intrigar—dijo.

Un nuevo sospechoso

—Ésta ha sido la mañana más horrible de mi vida— se quejó Linda.

—Como la mía—respondió Kate—. Acabo de regresar de la oficina de mi papá. ¿Recuerdas que alguien…?

—Espera. Déjame contarte primero la mía—la interrumpió Linda—: Mi mañana fue peor.

—Bueno, está bien.

Kate se acomodó en el sofá y estiró las piernas. A lo largo de sus años de amistad con Linda, se había acostumbrado a ser la segunda en todo. Apoyó el teléfono contra un cojín y se preparó a escuchar una larga historia.

—Bueno, hoy tenía clase de matemáticas con mi profesor particular. ¿Recuerdas que te hablé de él? De modo que vino y nos sentamos a la mesa de la cocina, ¡que es el centro del universo! Todo el mundo tenía que pasar por allí: mis hermanas, sus amigos. Mi mamá decidió ponerse a cocinar en ese momento. Mi papá se hacía el que estaba arreglando el lavaplatos. Y en medio de todo eso, se suponía que yo aprendiera a hacer divisiones largas. Números gigantescos: 14,988 dividido entre 4,521... ¡lo cual es completamente absurdo! ¿Cuándo en mi vida voy a tener algo en tales cantidades?

Linda respiró profundo y continuó:—De todas maneras, no pude resolver una sola correctamente. Algunas respuestas ni siquiera eran números enteros. Y mi mamá comenzó a gritarme, a decirme que no me estaba esforzando y todo ese bla . . . bla . . . bla. Cuando ella se enoja, se parece a una de esas madres diabólicas de las películas. Entonces, mi papá se puso a gritarle que otra cosa no podía esperarse de mí, si en definitiva yo era hija de *ella*. Por último, el profesor se unió al escándalo y gritó que yo había resuelto correctamente una de las divisiones. Y mientras me preguntaba cuál sería la que hice bien, el profesor me dejó una tarea de veinticinco problemas y se marchó. Estoy horriblemente deprimida.

—Debieras conseguirte una computadora.

—¿La computadora de tu papá puede hacer divisiones largas?

—Linda, tengo una computadora de juguete que me

regalaron en primer grado y puede hacer divisiones largas.

—¿Me la prestas?

—Por supuesto que sí.

—Ahora me siento mejor. Si este profesor fuera atractivo, el asunto no me molestaría tanto. Aprendo mucho mejor cuando mi maestro es atractivo. Bueno, ahora te toca a ti. ¿Qué cosa terrible te ocurrió?

—Bien—Kate se enderezó—. ¿Recuerdas lo que te conté sobre el mensaje de la computadora?

—Más o menos.

—Bueno, esta mañana caminé siete cuadras bajo un aguacero torrencial y resulta que se trata de algún idiota que se hace pasar por un ser extraterrestre. Me envió un dibujo de su nave espacial, habló de su órbita y…

Linda respiró hondo y exclamó:—¡Kate, ya sé quién es!

—Linda, no empieces de nuevo con lo mismo.

—Cuando dijiste "idiota", inmediatamente me vino a la mente.

—Linda…

—No te va a gustar lo que te voy a decir, Kate, porque se trata de alguien a quien ambas detestamos, pero cuando oí la palabra "idiota", ¿sabes en quién pensé?

—¿En quién?

—En Willie Lomax.

—¡Willie Lomax! No seas ridícula.

—*Tiene* que ser él. Le encantan las bromas pesadas:

¿Recuerdas lo que hizo en el salón con la pecera y el papel sanitario? ¿Y la llamada anónima al director de la escuela sobre la bomba de peste? Y él es extraordinario con computadoras. Estuvo contigo en un campamento de computadoras. Definitivamente, es Willie.

Las piernas de Kate colgaban del sofá. Dejó caer los zapatos en el piso y con ojo crítico se miró los pies. Se le habían mojado las medias caminando a la oficina de su papá y los zapatos las habían manchado de color café.

—Mmmmmm…—respondió, dando la impresión de que no estaba interesada. No quería que Linda sospechara que Willie Lomax le caía muy bien. Después del campamento de computadoras, le había confesado a Linda que era simpático y Linda le contestó: "¡No me digas que te *gusta* Willie Lomax!" "No, solo pienso que es divertido,"—respondió Kate rápidamente y Linda añadió: "Temí que hubieras perdido la cabeza".

—*Es él* mismo—insistió Linda con entusiasmo—. Y sé cómo podemos probarlo.

—¡No!—exclamó Kate poniéndose de pie—. ¡No y no!

La sola idea de escuchar a Willie Lomax decir algo así como: "Esa chica estúpida me persigue desde que estuvimos juntos en el campamento de computadoras", le hizo arder las mejillas.

—¡No vas a empujarme encima de Willie Lomax! Te hablo en serio, Linda. Ayer, Frank Wilkins se me acercó y me dijo que si a su suéter no se le quitaban las manchas de pizza, yo iba a tener que pagárselo.

—A mí me dijo lo mismo. ¡Qué antipático es! De todas formas, te voy a decir lo que tengo en mente.

—No quiero ni oírlo.

—Sí quieres. Es un plan perfecto. Willie Lomax pertenece a la Sociedad de Honor y mañana van a bañar perros para recaudar dinero. Así que nosotras llevaremos nuestros perros para que los bañen. ¿Acaso puede haber algo más natural que eso?

—Sería mucho más natural, Linda, si tú tuvieras un perro.

—Entonces llevaremos el tuyo. Tienes que admitir que a tres dólares por baño es una ganga. Todo lo que tenemos que hacer es asegurarnos de que sea Willie quien bañe a Harvey. Entonces, durante el baño, tú inocentemente haces algunos comentarios sobre computadoras y observas su reacción. Este plan no puede fracasar. Compruebas si es Willie y al mismo tiempo bañas tu perro. Si quieres que le pongan matapulgas, te cuesta un dólar más.

—No sé, Linda—Kate respondió lentamente y se sentó de nuevo.

—¿No quieres saber quién es?

—Claro que sí.

Tuvo que admitir que también quería ver a Willie Lomax bañando los perros. Aun así, estaba indecisa. Con Linda, las posibilidades de que algo saliera mal eran enormes.

—¿No quieres eliminar la sospecha de que sea Willie Lomax?

—Sí, por supuesto.

—Entonces, vayamos. Al menos, haremos algo. De todos modos, las tardes de los domingos son aburridas.

—No creo que sea Willie, Linda. Él tiene una computadora Apple y no hay forma de que pueda conectarse con la de mi padre.

—No quieres pensar que es Willie, prefieres imaginar que se trata de alguien que no conoces y es atractivo.

—No lo creas.

—Venga, di que sí.

Kate sonrió al pensar en Willie Lomax bañando un perro. Dijo:—Bueno, está bien.

—¡Perfecto! Voy a buscarte mañana por la tarde. ¿Qué puede salir mal?

El lío con el matapulgas

Linda y Kate iban para el lote de estacionamiento de la escuela. Eran las tres de la tarde del domingo y hacía una hora que había comenzado el lavado de perros.

—No tan rápido—aconsejó Linda—. No quiero llegar hasta que sepamos dónde está Willie Lomax.

Kate ya lo había descubierto en la última fila, con la camisa arremangada y el pelo sobre la frente.—No quiero llegar de ninguna forma—confesó y tironeando la traílla de su perro le ordenó—: Tranquilízate, Harvey.

Harvey había estado halando la traílla desde el mismo momento que doblaron la esquina y vio el grupo de perros, docenas de ellos, en el estacionamiento. Tiró hacia adelante y sin preocuparse por el collar que lo ahogaba, tiró de nuevo. Creyó haber visto y olfateado a unos cuantos viejos enemigos en las desorganizadas filas.

—Siéntate, Harvey—ordenó Kate.

Harvey no tenía el menor interés en obedecer. Detrás de su flequillo, los ojos negros brillaban saltones y determinados. Se lanzó hacia adelante.

—Aguántalo—dijo Linda—. Sinceramente, siento que lo hayamos traído.

—¿Y cómo íbamos a venir a un lavado de perros sin él?

—¿Me contaste que Harvey tomó un curso de entrenamiento o que lo expulsaron de la escuela para perros? Mira, allí está Willie.

—¿Dónde?

—En la última fila… y solamente tiene dos perros esperando: un Boston terrier y un caniche. Terminará con ellos enseguida.

Linda y Kate cruzaron la calle con Harvey, la traílla tensa, arrastrándolas y se situaron en la última fila, detrás del caniche. Su dueña estudió brevemente a Harvey y, con rapidez, cargó su mascota.

—Muffin es alérgica a otros perros—explicó la señora. Harvey levantó la pata apuntando a uno de los zapatos de ella.

—¡Harvey!—gritó Kate y, recogiendo la traílla, lo haló hacia su pierna. Sintió el aliento caliente y agitado del perro contra su tobillo.

—Willie no es precisamente un experto en bañar perros—Linda comentó, tapándose la boca con una mano—. Míralo, parece como si estuviera amasando pan.

Kate se permitió mirar a Willie por primera vez. Estaba bañando a un schnauzer. Las mangas recogidas de su camisa estaban empapadas de agua.—Ya casi terminamos, Nicky—le dijo al inquieto perro. La lengua del animal colgaba a un costado de la boca y los ojos estaban fijos en su amo.

—¿Quiere que le eche matapulgas?—preguntó Willie, limpiándose la espuma de las mejillas con el dorso de una mano—. Es un dólar más.

—Está bien.

—Lo siento, amigo—le dijo Willie al schnauzer.

Kate bajó la vista y observó a Harvey. Estaba olfateando el sitio donde había estado sentado el caniche. Husmear era uno de sus placeres favoritos. De repente, descubrió un olor diferente y alzó la cabeza.

Dejó de menear la cola, aguzó los ojos y paró las orejas. Boomer, su peor enemigo en el mundo, se hallaba al principio de la fila de al lado, apretándose contra su amo y con el rabo entre las patas.

Harvey se estremeció de emoción. Ladró una vez. Boomer estaba demasiado perturbado para darse cuenta. El olor del champú de perros y del detergente matapulgas lo tenían aterrorizado. Sus largas patas temblaban como las ramitas de un árbol.

Willie Lomax sumergió al schnauzer en el cubo lleno de matapulgas y a continuación lo secó. Levantó los ojos y preguntó quién era el próximo.

—Le toca a Inger—contestó la señora del Boston terrier.

Cuando Willie se estiró para agarrar a Inger, descubrió a Linda y a Kate al final de su fila. Bajó la cabeza con rapidez.

—¿Te fijaste en eso?—preguntó Linda—. Tan pronto como te vio, bajó la vista. No pudo mirarte a los ojos. Ésa es una señal segura de culpabilidad. Pregúntale a cualquier psicólogo.

—Quizás—contestó Kate. Ella también había desviado la mirada en ese mismo momento.

—Es él, seguro.

Willie agarró al Boston terrier. El muchacho de la fila de al lado estaba bañando a un perro pastor y dijo:—Oye, Willie, ¿cómo es que a ti te tocan todos los perros pequeños?

—Ésta es la fila rápida. No admito ninguno que pese más de diez libras—Willie bromeó, apuntando con la manguera de agua al terrier. Los ojos de Inger se desorbitaron de espanto.

—Mira—señaló Linda—, está tan aturdido que le apuntó la manguera directamente a la cara de ese perrito.

Los ojos de Harvey no se habían despegado de Boomer. Éste estaba ahora bajo el chorro de agua de la manguera. Había comenzado a lloriquear de miedo. Harvey nunca había oído a su enemigo hacer ese ruido. Trató de dar unos pasos pero la traílla no le permitió moverse.

Kate le ordenó distraída:—Siéntate, Harvey.

Comenzaba a darse cuenta de que había sido un error haber ido. Si en realidad Willie le *estaba* enviando mensajes, seguramente lo iba a asustar.

—Bueno, cuando lleguemos a donde está él—Linda comenzó—, le haces un comentario sobre computadoras que le dé a entender que lo estás investigando.

—Si se me ocurre.

—¡Creí que ya habías pensado en algo!

El chico de al lado de Willie le dijo:—Oye, Lomax, ayúdame a meter este cocker spaniel en el matapulgas. Has estado de vago toda la tarde.

—Espera a que termine con Inger. ¿Desea que le eche matapulgas, señora?

—Inger no tiene pulgas.

—Entonces, aquí la tiene.

Willie se fue donde su amigo estaba tratando de sumergir a Boomer en el matapulgas. Se subió las mangas mojadas.

—Agárralo por las patas, Willie.

—Está bien.—Willie tomó a Boomer por las patas traseras—. Este perro no quiere que le echen matapulgas. Se está resistiendo hasta con las uñas.

Harvey temblaba de emoción. Jamás había visto a su

enemigo en semejante peligro. Las orejas de Boomer estaban aplastadas contra la cabeza, y sus ojos, desorbitados por el miedo, giraban enloquecidos. De su garganta escapaba un quejido persistente. Era el momento de atacar.

Harvey se lanzó hacia adelante. La traílla lo tenía aguantado pero, de súbito, giró la cabeza bruscamente en una maniobra que había tenido éxito en otras ocasiones. Se libró del collar y salió disparado en dirección a Boomer.

Llegó en tres zancadas y, de un potente salto que despegó sus cortas patas del suelo, apuntó directamente a la mancha blanca en el cuello tembloroso de Boomer.

—¡Harvey!—gritó Kate corriendo detrás.

En ese mismo instante, Willie y su amigo trataban de sumergir a Boomer en el matapulgas.

—Parece que lo que estamos sumergiendo es un pulpo—dijo Willie—. Da la impresión de que tiene más patas que cualquier otro perro que…

—¡Harvey!

Willie levantó la vista justo en el momento en que Harvey se elevaba por los aires y, chocando vigorosamente contra el cubo, lo volcaba. Willie sintió una oleada tibia de matapulgas sobre el pecho. Cayó de espaldas, arrastrando el cubo y a Boomer con él. Trató de incorporarse, pero Boomer y Harvey empezaron una feroz pelea de perros encima de él.

—¡Harvey! ¡Ven aquí!—gritó Kate, agarrándolo por

las patas traseras y halándolo lejos. Willie estaba en el
suelo.—Ay, disculpa. Mi perro se zafó de su collar. A
ver, voy a enderezar el cubo, voy a...

—No, ya has hecho bastante—Willie no alzó la vista.
La explosión de carcajadas de los otros le lastimaba más
que el golpetazo de la caída. Se puso de pie tratando de
no dar muestras de dolor.

Kate corrió a ayudarlo.—Déjame ayudarte...

—¡*No!*

La palabra escapó con tal fuerza que Kate dio un paso
hacia atrás como si hubiera sido una bofetada. Observó
impotente a Willie sacudirse el agua de los brazos y ex-
primir el borde de la camisa. Alguien se llevó a Boomer
de allí y haciendo un esfuerzo, él le dio las gracias.
Entonces miró a Kate.

—Si quieres hacer algo, lleva tu perro a otra fila.

—Oye, ella ya te pidió disculpas—intervino Linda—.
No tienes porqué ser grosero.

—Verdad, Lomax. ¡Al menos ya no tienes pulgas!—
se burló otro de los bañadores.

Linda rió, pero retrocedió unos pasos al sentir la mirada helada de Willie.

Con los ojos llenos de lágrimas, Kate apartó la vista.
Tenía manchas rojas en las mejillas. Se agachó y le puso
el collar a Harvey.—Vámonos—dijo sin levantar los
ojos.

—No tenemos que irnos sólo porque a Willie Lomax
le cayó encima un poco de matapulgas...

—¡Vamos!

Kate habló con tal fuerza que Harvey creyó que era una orden. Obedientemente, empezó a trotar. El encuentro no se había desarrollado exactamente como él había esperado. Le hincó el diente a Boomer, pero su enemigo le supo a matapulgas. Bueno, al menos fue un éxito a medias....

Después de echar una última mirada adonde estaban bañando los perros, Harvey tomó el camino de vuelta a casa.

La criatura
de la computadora

—**B**ueno, al menos pudimos averiguar algo: *Fue* Willie Lomax—se consoló Linda mientras caminaban de regreso.

—No logramos nada, Linda, sino quedar como un par de idiotas.—Kate se alegró de tener el viento de frente: las lágrimas se le habían secado sin correrle por las mejillas.

—Harvey, nos hiciste quedar en ridículo, ¿no es cierto, chucho?—Linda se agachó y le rascó la cabeza—. ¡Perro malo!

Harvey disfrutó del elogio y meneó su corta cola.

Linda levantó la cabeza y rió.—¿Acaso Willie Lomax no estaba cómico desparramado en el piso y empapado de matapulgas?

—Cualquiera estaría cómico.

—Te apuesto que durante una semana va a oler bien raro.

Kate no respondió. Indiferente, observaba bajo sus pies las hojas rojas y amarillas caídas de los árboles.

—Oye, se me acaba de ocurrir una idea formidable.

—¡*No*! No quiero oírla. ¡*No*!

—Sólo presta atención, Kate. Este plan es perfecto, la prueba final. Ahora mismo vamos a la oficina de tu papá y…

—Hoy es domingo y no está abierta—la interrumpió Kate con alivio.

—Bueno, podemos hablar con tu papá y convencerlo de que la abra. Seguro que lo hará cuando entienda la importancia de la situación. Así que cuando lleguemos, te sientas ante la computadora y envías un mensaje.

—¿Qué mensaje?

—Cualquiera. Eso no importa. Lo único que nos interesa es saber si hay respuesta. Willie no puede contestar. Debe estar de camino a su casa para bañarse.

Kate titubeó.

—Mira, es la primera idea que tengo en que de ninguna forma podemos quedar mal. Y este asunto me está interesando.

Al doblar la esquina, Linda añadió:—Ahí está tu papá. Muy oportuno que acabe de lavar el auto. Déjame preguntarle. ¿Recuerdas cuando lo convencí de que nos llevara a comer pizza?

—Sí, y después lo hiciste esperar afuera en el auto.

—Tuve que hacerlo. Si se hubiera enterado de que lo que yo quería era ver a Tommy Ryan, me hubiera…Doctor Morrison, no entre todavía a la casa. ¿Nos haría un graaaan favor?

Kate y Linda se sentaron en la misma silla frente a la computadora.—Adelante, comienza—ordenó Linda, restregándose las manos como un científico chiflado.

Kate apoyó sus dedos en el teclado y escribió:

SOY COMPUGENIO. TENGO UN MENSAJE PARA
BB-9. ¿ESTÁS AHÍ? ¿LO RECIBIRÁS?

—Perfecto—señaló Linda.

Las dos muchachas esperaron, inclinadas ligeramente hacia adelante, observando la pantalla.

—Escríbelo de nuevo.

REPITO. SOY COMPUGENIO. QUISIERA COMUNI-
CARME CON BB-9. ¿ESTÁS RECIBIENDO?

—Lo *recibiría*—dijo Linda—, si no fuera para su casa chorreando matapulgas por toda la acera.—Se rió—. Esto es divertido. Ahora empiezo a ver porqué te gustan las computadoras.

Pasó otro minuto.

—¿Cuánto tiempo se demora?—preguntó Linda—. Me estoy aburriendo.

—Bueno, la última vez contestó inmediatamente.

—Bueno, vamos a darle cinco minutos y, entonces, le

pedimos a tu papá que nos pase por enfrente de la casa de Willie y…

Linda calló abruptamente. Quedó boquiabierta al ver que en la pantalla iban apareciendo unas palabras.

SOY BB-9. DISCÚLPAME POR LA TARDANZA.

ESTOY LISTO PARA RECIBIR TU MENSAJE

AHORA. ADELANTE, COMPUGENIO.

Kate se enderezó.—Contestó—. Miró a Linda:— ¿Qué se supone que diga ahora? ¿Cuál es mi mensaje tan importante?

Linda se encogió de hombros.

—Linda, tú me hiciste hacer esto y, ahora, no tengo ningún mensaje. Me siento como una tonta.

La sola idea de que Willie Lomax estuviera esperando el mensaje, helado, mojado, oliendo a detergente matapulgas, con los ojos castaños relampagueantes de furia…

—Inventa algo.

—¿Como qué?

—El mensaje es… —Linda hizo una pausa mientras pensaba—. El mensaje es que tú quieres ver un retrato suyo. ¡Eso! Él ya te ha visto y ahora tú lo quieres ver a él. Adelante. ¡Teclea!

Kate vaciló.

—Tú *quieres* ver un retrato suyo, ¿no es así?

—Sí.

—¡Entonces, escribe!

BB-9, QUEREMOS VER UN RETRATO TUYO.

Kate se recostó en el respaldo de la silla y esperó con los dedos sobre las teclas.

ESCRIBISTE "QUEREMOS". ¿NO ESTÁS SOLA?
¿HAY ALGUIEN CONTIGO?

—No le digas que soy yo—Linda dijo—. Nunca le he caído bien a Willie Lomax desde que en tercer grado conté que hizo un dibujo de la señorita Ellis en la acera.

SÍ, OTRA PERSONA ESTÁ CONMIGO. NOS GUS-
TARÍA VER CÓMO ERES. TU VISTE MI AUTORRE-
TRATO. QUISIERA VER EL TUYO.

—Perfecto.
—No sigas diciendo eso. No es perfecto. Me siento como una idiota.

CREO QUE EN REALIDAD NO QUIERES VER
CÓMO SOY. CREO QUE USTEDES QUIEREN
REÍRSE DE MI.

—¿Cómo se dio cuenta?
—Claro, si es Willie, sabe que tú estás conmigo y que te ríes de todo.

BUENO, NO IMPORTA. NO ME MOLESTA HACER
REÍR. SERÁ UNA BUENA PRÁCTICA PARA MÍ.

Kate y Linda permanecieron sentadas sin moverse, mirando a la pantalla.

EN REALIDAD, DEBÍ HABERLO ESPERADO. TU
PLANETA ES CONOCIDO COMO EL PLANETA RI-
SUEÑO. ¿SABÍAS ESO? EL TUYO ES EL ÚNICO
PLANETA EN TODO EL UNIVERSO DONDE EXISTE
LA RISA.

—Es medio raro—comentó Linda.

SÉ MUCHAS OTRAS CURIOSIDADES. POR EJEM-
PLO, IAXTRON ES EL ÚNICO PLANETA DONDE
LOS SERES INTELIGENTES VUELAN. SE CONOCE
COMO EL PLANETA VOLADOR. UNA DE LAS DIFI-
CULTADES CUANDO UNO VISITA OTROS PLANE-
TAS ES "AGARRAR LA ONDA", COMO DICEN
USTEDES, DE CUÁNDO REÍR Y CUÁNDO VOLAR.
POR EJEMPLO, EN IAXTRON SERÍA UN GRAN
ERROR VOLAR MIENTRAS COMEN. LANZARLE UN
PASTEL DE CREMA A UN IAXTRONIANO, POR
EJEMPLO, SERÍA EL MAYOR INSULTO. SIN EM-
BARGO, LANZARLE UN PASTEL DE CREMA A AL-
GUIEN EN LA TIERRA ES ACEPTABLE, INCLUSO
CÓMICO. TE DIGO TODO ESTO PARA QUE SEPAS
QUE NO SOY IGNORANTE EN CUANTO AL
HUMOR.

—Es *muy* raro.

Kate no respondió. Estaba sentada con los ojos fijos
en la pantalla y los dedos sobre las teclas.

¿TE GUSTARÍA VER MI AUTORRETRATO AHORA?

Linda dijo:—Amén.

Kate escribió:

sí.

Y empezaron a aparecer líneas.

Una llamada
no deseada

Kate y Linda observaron la pantalla. Cuando el dibujo estuvo completo, permanecieron sentadas sin hablarse por un momento.

De repente, Linda dejó caer la cabeza hacia atrás y rió:—Ahora *sé* que es Willie Lomax.

—¿Por qué?

—¡Ambos tienen la misma forma!

—¡No es cierto! Eso que dices es terrible. Es...— Kate calló. Se sentía agitada, no por los mensajes y el retrato, ni siquiera por el hecho de que Linda hubiera insultado a Willie. Era algo más profundo. Era la misma sensación que tuvo una vez cuando se hallaba en el borde de un precipicio, disfrutando de la emoción, y de repente la invadió cierta inquietud, una advertencia de que podía ser atraída al abismo.

Casi sin pensarlo, apretó el botón para imprimir y tomó el papel con el retrato que salió de la impresora. Lo miró detenidamente y sintió que la sensación de extrañeza crecía.

De súbito, Linda se incorporó.—¿Sabes lo que voy a hacer?—preguntó entusiasmada—. Voy a llamar por teléfono a la casa de los Lomax para hablar con Willie. Tú continúas hablando o enviando, o como quieras llamarlo. ¿Dónde está el directorio telefónico?

—Linda, no…

Nuevas palabras reemplazaron el retrato en la pantalla:

> ¿RECIBISTE MI AUTORRETRATO? ¿LES CAUSÓ
> RISA MI APARIENCIA?

Linda estaba pasando las páginas de la guía telefónica.—¡Aquí está!—exclamó y marcó un número. Kate la observó con mirada preocupada y se volteó de nuevo hacia la pantalla.

A continuación escribió:

> RECIBIMOS TU RETRATO. TU APARIENCIA ES
> EXACTAMENTE COMO ESPERÁBAMOS.

Linda rió complacida.—Te quedó perfecto. Ahora pregúntale… Eh, ¿bueno?, ¿es la residencia de los

Lomax?...¿Se encuentra Willie?—Le hizo una mueca a Kate—. ¿Está? ¿Podría hablar con él, por favor? ¿Ah, está ocupado?

Linda simuló ser Willie tecleando con una mano en la computadora.—No, no le dejaré mensaje. Lo llamaré más tarde...Bueno, sí. *Tengo* un mensaje: Dígale que lo llamó Kate Morrison.

—¡Linda!—chilló Kate. Dio un salto como si la hubieran pinchado. Le ardía la cara y olvidó la extraña sensación que la embargaba hacía un momento.

—¿Me oyó? Dígale que Kate Morrison llamó para disculparse por la conducta de Harvey.

—¡Linda!—Kate se lanzó sobre Linda y trató de arrebatarle el teléfono de la mano. Linda giró rápidamente y puso el aparato fuera de su alcance.

—No, eso es todo, señora Lomax. Hasta luego.

Esta vez Kate agarró el teléfono, se lo arrancó de las manos a Linda y lo colgó de un golpe. Cuando dio la vuelta para encarar a Linda, sus ojos oscuros despedían llamas.

—¡No puedo creer lo que has hecho! ¡No puedo creer que alguien a quien yo consideraba mi mejor amiga pudiera hacerme algo tan terrible!

—Kate, solamente lo hice para obligar a Willie a descubrirse. ¿De qué otra forma vamos a...?

—¡Kate!—el doctor Morrison llamó desde la otra habitación—. Vengan que ya estoy listo para irme.

Kate apagó la computadora sin molestarse en leer el

nuevo mensaje que estaba apareciendo en la pantalla.

> EN REALIDAD, COMPUGENIO, ÉSE ES EL RE-
> TRATO DE UNO DE LOS ROBOTS DEL VEHÍCULO
> ESPACIAL. SE LLAMA ELMER. NO TIENE SENTIDO
> DEL HUMOR, PERO LO HE PROGRAMADO PARA
> QUE DIGA "JA-JA" CUANDO LE CUENTO UN
> CHISTE. ESPERO QUE EL DIBUJO DE ELMER TE
> HAYA HECHO REÍR. MÁS ADELANTE TE DIBUJARÉ
> MI RETRATO, O MÁS BIEN LA IMAGEN QUE
> ADOPTARÉ CUANDO...

—Nunca te perdonaré lo que has hecho—dijo Kate, agarrando su suéter—. *Jamás* te perdonaré. Voy a llamar a Tommy Ryan tan pronto llegue a casa y me haré pasar por ti.

—¡Kate!

—Si su mamá contesta, le voy a decir: "Señora Ryan, dele por favor este mensaje a Tommy. Dígale que Linda está loquita por él".

—Espera, Kate. No lo hice con mala intención. Pensé que sería chistoso, que te ibas a reír.

—¡Ja!

—Oye, es Willie Lomax. No lo hubiera hecho si fuera alguien que te gusta. Kate, espera. ¡Escúchame!

Al llegar a la puerta, Kate se dio la vuelta enfrentándose a Linda.

—No, ahora *tú* eres la que me vas a escuchar. Cada vez que me haces algo malo, siempre tienes la misma excusa: "Fue *cómico*. Solamente quería hacerme la *chistosa*".—En su furia, Kate estaba imitando la voz de Linda a la perfección—. Fue *cómico* cuando me diste un empujón y caí sobre Frank Wilkins. Fue *cómico* cuando me empujaste al interior del baño de los muchachos y cerraste la puerta para que no pudiera salir. Y fue *cómico* cuando...

Se calló, demasiado furiosa para poder recordar un tercer ejemplo de maldad de Linda.—No puedo creer que te he permitido que me pongas en ridículo desde que estábamos en tercer grado. No puedo creer que me haya tomado tanto tiempo darme cuenta de lo que has estado haciendo.

—¡Chicas!—llamó de nuevo el doctor Morrison, con la puerta de la entrada abierta—. Vamos, que me voy.

Kate mantuvo la vista fija en Linda. Sintió como si por primera vez en años la estuviera mirando y no vio nada en la cara redonda, ahora con expresión desconcertada, que la impulsara a querer ser su mejor amiga. Al contrario, resultaba fácil encontrarla desagradable.—Adiós—se despidió Kate, saliendo por la puerta con el suéter sobre los hombros, como si se tratara de El Zorro.

Linda permaneció en el marco de la puerta durante un momento, aturdida por el ataque de Kate.—Solamente quería ser chistosa—dijo a espaldas de Kate. Su mentón se hundió ante la injusticia de lo que estaba ocurriendo. Alzó la cabeza.—Kate—dijo—. No puedo evitar ser chistosa.

Atravesó el salón de espera con los ojos llenos de lágrimas que le corrían por las mejillas.—Kate, no tienes ni gota de sentido del humor.

Al pasar rapidamente por el lado del padre de Kate, le dijo:—Doctor Morrison, dígale a su hija que mi intención no fue hacerle nada malo. Dígale que fue un chiste.

El doctor Morrison cerró con llave la puerta de la oficina dejando escapar un suspiro.

La promesa

Cassie se detuvo en la puerta de la habitación de Kate, que estaba atravesada en la cama, con la mirada perdida en el techo. El dibujo de BB-9 estaba boca abajo en la mesa de noche.

—Hay una llamada para ti—Cassie entonó alegremente—. ¡Y es un chicoooo!

—No seas payasa. Kate se dio la vuelta, apoyó la cabeza en los brazos y miró fijamente la alfombra. Los huesos de su arqueada columna vertebral se marcaron a través de la blusa.

—Es en serio. Es un muchacho y tiene una voz muy agradable: "¿Puedo hablar con Kate, por favor?"

Kate cerró los ojos.

—Vamos, Kate. Está esperando. Es de mala educación dejar a los chicos esperando en el teléfono.

—Tú lo haces todo el tiempo.

—No, ahora que soy mayor ya no lo hago. Éste parece un muchacho agradable, que probablemente se pasó media hora buscando el valor para llamarte. Una vez estaba en casa de Marcia cuando su hermano iba a llamar por teléfono a Peggy Ballentine y el pobre decía: "Cuento hasta diez y entonces llamo... nueve... nueve y medio... nueve y tres cuartos". Y cuando finalmente llegó a diez y marcó el número, ella no quiso pasar al teléfono. La oímos susurrar: "Dile que no estoy..." porque Marcia y yo estábamos escuchando por la extensión en el segundo piso y...

—Bueno, yo no estoy susurrando nada. Sé perfectamente quién es.

—¿Quién?

—Willie Lo... max.—La voz se le quebró al pronunciar el apellido.

—Quizás—Cassie suspiró—. Está bien. ¿Quieres que le diga que saliste?

—Sí. Dile que...

Kate calló. Se puso de pie y salió de la habitación.

—Olvídate. Se lo diré yo misma.

Kate estaba tan enojada, tenía tal confusión de sentimientos, que no existía una palabra que pudiera describir la emoción que le recorría por el cuerpo.

Levantó el teléfono del pasillo.—¿Qué es lo que quieres, Willie?—dijo bruscamente.

—¡Kate!—le reprochó Cassie parada en el marco de la puerta con expresión de asombro—. Creí que te gustaba Willie Lomax.

Kate fijó la vista en su hermana mientras aguardaba la respuesta de Willie.

—No, yo no fui quien te llamó—continuó con el mismo tono duro—. Fue Linda tratando de hacerse la chistosa. Y, algo más, si eres la persona que me está enviando mensajes en la computadora, no lo hagas más.

Kate colgó violentamente y regresó a su habitación. El colchón de la cama rebotó al recibir el peso de su cuerpo con fuerza.

—Kate, fuiste una grosera.

—Ésa fue mi intención.

—¡Y sexista!

—¡Yo *no* soy sexista!—protestó Kate, dándose la vuelta para mirar a su hermana.

—¡Lo eres! Si hubiera sido una muchacha no hubieras agarrado el teléfono con esa brusquedad, ni te hubieras puesto a gritar como una loca. Le hubieras dado la oportunidad de decir lo que quería. Pero basta que sea un chico quien llame y te enloqueces. Gritas y le cuelgas. Y eso es precisamente lo que es el sexismo: tratar a la gente de forma diferente según el sexo. Tienes que aprender que los muchachos también son personas.

—*No* estoy siendo sexista. Si hubiera llamado Linda,

le hubiera gritado y colgado el teléfono exactamente de la misma manera.

Cassie observó a Kate por un momento y entró en la habitación. Se sentó en el borde de la cama y le preguntó:—Está bien. ¿Qué te ocurre?

—Nada.—Kate se desprendió los zapatos, uno antes que el otro, y los dejó caer en el piso—. Todo.

Era en momentos como éstos que Kate quería ser una persona adulta, caminando por un mundo firme en vez de estar brincando arriba y abajo como en un trampolín.

—¿Como por ejemplo?—preguntó Cassie.

—No sé. Todo me ha salido mal desde que empecé a recibir esos mensajes.

—¿De la computadora?

—No son de la computadora, Cassie. Son de *alguien*.

—O de algo…—Cassie murmuró en voz baja de ciencia-ficción.

—He tenido suficientes chistes por hoy, gracias.

—No puedo evitarlo. Desde que vi la película *E.T., El Extraterrestre,* tengo terror solo de pensar que pueda haber *algo* en mi ropero. Imagínate que estás de pie, intentando decidir qué te vas a poner, y unos dedos largos y descarnados salen de entre tus vestidos. Rrrrr.—Cassie se estremeció y añadió—: Lo siento. Continúa lo que me estabas diciendo.

Kate se sentó en la cama con las piernas cruzadas.—Está bien. Cuando comencé a recibir los mensajes, fue muy emocionante. Creí que ese alguien resultaría ser algún amigo.

—¿Y no fue así?

—No, ese alguien resultó nadie. Por lo que Linda entró en escena… Ya sabes cómo es ella. Me empujó encima de Frank Wilkins para comprobar si era él y, más adelante, Willie Lomax recibió un baño de matapulgas porque ella sospechaba de él… y me siento terriblemente mal.

—Me imagino que Willie Lomax tampoco se debe sentir muy bien.

—Y lo grave es que me gustaba, Cassie; pero ahora siento que no quiero volverlo a ver en mi vida.

—Bueno, por lo visto él no siente lo mismo, pues te llamó.

Kate no respondió.

—Y si es él quien te está enviando los mensajes…

—No es él.

—¿Estás segura de eso?

Kate asintió con la cabeza.

—Muy bien. Entonces, tal como yo lo veo, te has hecho ilusiones con esos mensajes de la computadora. ¿No es cierto?

—Eso parece.

—Y andas pensando que es un ser del espacio.

Esta vez Kate asintió con mayor rapidez.

—Ahora, sé totalmente sincera. ¿Puedes pensar en una sola persona que conoces, sea Frank Wilkins, Willie Lomax, o cualquiera que no fuera una desilusión?

—Bueno, no sé... pensé que quizás resultaría ser alguien nuevo, alguien a quien no conozco.

—La gente que desconoces termina siendo exactamente igual a la que conoces: los mismos defectos, lo mismo de todo. ¿Quieres un consejo?

—No.

—De todas maneras te lo voy a dar. Primero, pídele disculpas a Willie Lomax. El matapulgas es repugnante. Ni siquiera los perros lo resisten. Después, llama a Linda y arregla la situación y, por último...

—¿Por último qué?

—Por último, olvídate de esos mensajes tontos.

Kate no contestó. Sintió de nuevo ese tirón que se siente cuando uno está al borde de algo, algo que es atractivo y aterrador al mismo tiempo.

Cassie continuó:—Prométeme solemnemente que no enviarás ningún mensaje, al menos durante una semana.

Kate miró su mesa de noche, donde se encontraba boca abajo el retrato de BB-9. Sabía que Cassie tenía razón. Ella, Kate, había sido tonta. Se había dejado arrastrar a creer en algo imposible, de la misma forma que años antes lo había hecho con Santa Claus.

—Repite después de mí—Cassie dijo—: No enviaré ningún mensaje durante una semana.

Kate suspiró.—No enviaré ningún mensaje durante una semana.

—Y si lo hago...

—Y si lo hago...

—Que mis labios…

—Que mis labios…

—Se conviertan en cenizas.

Kate le lanzó una almohada a su hermana.

Cassie añadió:—Aunque parezca mentira, ése es el juramento que tienen que hacer los miembros de Theta Alfa Beta, una estúpida asociación de chicas de mi escuela. Se tienen que parar y prometer: "Que mis labios se conviertan en cenizas si alguna vez revelo los secretos que hoy he conocido aquí". Y tan pronto como salen, los *cuentan*. Incluso, una chica…

Y Kate, sonriendo un poco, se acomodó para oír el resto de la historia.

La prueba con
la computadora Apple

—¡Espérame! Quiero preguntarte una cosa.

Era Willie Lomax y le faltaba un poco el aliento por correr detrás de Kate. Kate no disminuyó su paso rápido. Sabía que Willie la estaba siguiendo. Oyó que la llamaba al doblar la esquina y había sentido sus pasos. Nunca más quería ver a Willie Lomax.

Esa mañana, antes de la clase de inglés, Kate había logrado pedirle disculpas a Willie.—Siento lo ocurrido con el matapulgas y la llamada—le había dicho entre dientes cuando se dirigía a sacarle punta al lápiz. Ni siquiera estaba segura de que él la había oído, pero se atolondró tanto que tajó casi todo el lápiz sin darse cuenta y tuvo que contestar la prueba con un lápiz que medía pulgada y media.

—¿Qué quisiste decir con eso de que alguien te está enviando mensajes en la computadora?—le preguntó Willie tan pronto la alcanzó y pudo caminar a su lado. Kate no pudo continuar simulando que estaba sola. Sin mirarlo le dijo:—Ah, eres tú. Hola.

—Ayer cuando hablamos por teléfono, ¿recuerdas que me dijiste que si yo era la persona que te estaba mandando los mensajes por computadora, que no lo hiciera más?

Kate lo miró de reojo.—¿*Eres* tú la persona que me envía los mensajes?

—No.

—Entonces, no tiene importancia.

—Pero quiero saber.

—Bueno, está bien. Alguien que se hace pasar por un ser del espacio exterior y dice que se llama BB-9 se ha estado comunicando conmigo en la computadora de la oficina de mi papá. Sé que es una broma y yo, bueno en realidad Linda, pensó que podías ser tú.

Él negó moviendo la cabeza y Kate creyó percibir un ligero olor a matapulgas. Probablemente, cuando tuviera noventa años, algún niño sentado detrás de él en la iglesia exclamaría: "Mami, ese viejito huele a matapulgas". Bajó la cabeza para esconder la sonrisa.

—¿De qué te ríes?

—De nada.

—¿Tiene que ver conmigo?

—No—mintió—. Simplemente de algo sobre los mensajes.

—Cuando veo gente riéndose, siempre temo que se me hayan reventado las costuras de los pantalones o algo así.

La sonrisa de Kate se suavizó, como si de repente la situación hubiera mejorado entre ellos.

—En realidad, eso me ocurrió una vez en un partido de béisbol de la Liga Infantil. Acababa de batear un jonrón. Me sentía triunfante pues con ese jonrón ganamos el partido. El equipo completo corrió y saltó sobre mí. Fue maravilloso. Me doblé hacia adelante por el peso y entonces escuché *riiiip*. Inmediatamente dejó de ser tan maravilloso y todo el mundo soltó la carcajada.

—BB-9 dice que nos llaman el planeta de la risa.

—¿La Tierra es conocida como el planeta de la risa?

—Eso es lo que dice BB-9.

—Vivir aquí nunca me ha parecido tan alegre. Unicamente si uno se sienta a esperar que algo terrible le ocurra a alguien: que resbale y se caiga en el pasillo, que se le revienten las costuras de los pantalones o que le aparezca una mancha en la ropa donde no debe ser, y entonces, se ríe.

De repente, Willie calló.—Me gustaría ver uno de esos mensajes. ¿Vas ahora a la oficina de tu papá?

—No, le prometí a mi hermana que no lo haría. Desde que empezaron los mensajes mi vida ha sido un desastre, así que no más—dijo y alzó la mano para indicar que había hecho una promesa.

Willie metió los pulgares en los bolsillos de sus pantalones. Sus ojos oscuros estaban pensativos.—¿Qué fue exactamente lo que le prometiste a tu hermana?

—Que no me comunicaría con BB-9 durante una semana.

—Entonces, no hay problema. Yo me comunicaré con él. De esa forma, no romperás tu promesa.—Esperó a ver el efecto de sus palabras.

—No, no estaría bien; se lo prometí.

—Iremos a mi casa. *Yo* me comunicaré con él en *mi* computadora Apple. Así, tú no rompes ninguna promesa. Vamos.

Kate titubeó. Se sintió tentada. La semana que le esperaba no tenía mucho interés sin mensajes de BB-9. Ya estaba extrañando esa imprudente sensación que la embargaba después de cada uno de los mensajes. Willie intuyó que su resistencia se estaba debilitando.

—Míralo de esta forma: Si BB-9 es verdaderamente un ser del espacio exterior, lo que yo francamente no creo mucho, pues siempre me ha sido difícil aceptar que algo pueda venir del espacio exterior, aparte de un meteorito ocasional o un fragmento quemado de equipo espacial... Bueno, si realmente lo es, entonces puedes comunicarte con él desde cualquier computadora. Esto será una buena prueba para confirmarlo.

Kate y Willie se detuvieron. Ahora se hallaban en la

esquina de Elm Street, la calle donde vivía Willie, y veían su casa.

—BB-9 dijo que él recibe todas las computadoras.— Kate señaló pensativa—. Dijo que tenía una consola principal que observa todas las terminales terrestres.

—Lo que significa que también observa mi computadora Apple.

—Me imagino que sí.

—Entonces, vamos a comprobarlo.

Kate no respondió. Se quedó parada con los libros contra la cadera. Por largo rato trató de convencerse a sí misma de que no debía ir a la casa de Willie. Se dijo que por mucho que le diera la vuelta, rompería la promesa que le hizo a su hermana. Recordó que vivía mejor y más feliz antes de la aparición de BB-9. Se advirtió que si poseía un dedo de sentido común, continuaría caminando por Bryan Street directamente hasta su casa para hacer la tarea.

—¿Bueno?—preguntó Willie.

Kate lo miró y sonrió:—Hagamos la prueba.

Un amigo
de la compugenio

Willie y Kate se encontraban sentados frente a la computadora Apple de Willie en la casa de los Lomax.—¡Mamá! Por favor, llévate a estos monstruos—gritó Willie.

Los monstruos eran las hermanitas de Willie.

—Nunca me imaginé que tuvieras tantas hermanas—comentó Kate.

—Créeme, no fue idea mía. Yo era un hijo único muy feliz de siete años. Incluso era delgado. Un día mi mamá me anunció que Victoria iba a nacer. Ésta es Victoria. Saluda.

—Hola—dijo Victoria.

—¡Viste qué brillante es! Bueno, pensé, no está mal. Una hermana pequeña no es un gran problema. Incluso será agradable tener a alguien que me admire y me adore. Pero después llegó Jessica. Niña, saluda.

Sin sacarse el dedo pulgar de la boca, Jessica logró decir "Hola".

—Y aquí llega Penélope. Ésta es la fierecilla. Saluda, Penélope.

—¡*No*!

—Dile a Kate cuántos años tienes.

—¡*No*!

—Bueno, no tienes que golpearme—la regañó, sujetándole los brazos a los costados—. Mamá, ¡llama a Penélope! Ves, a ella le permiten maltratarme, pero yo no puedo defenderme. Por eso tengo tantos rasguños. ¡Mamá! ¡Kate y yo estamos tratando de hacer la tarea!

Entonces, miró a la niña que forcejeaba por zafarse de su apretón.—¿Sabes una cosa, Penélope? Comparado contigo, Atila, el rey de los hunos, es un angelito.

—¡*No*!

—Ésa es la única palabra que sabes, ¿verdad, Penélope?

—¡*No*!

—¡Niñas!—llamó con voz cansada la señora Lomax desde la cocina.

—Mamá las está llamando. Seguro que les va a dar algo rico. Rápido, vayan a ver.

Cuando salieron corriendo de la habitación, Willie se

reclinó aliviado en su silla.—Jamás tendré hijos—juró, y descansó por un momento con los ojos cerrados.

—Creo que tus hermanitas son simpáticas—señaló Kate, notando que le gustaba aún más Willie después de verlo con sus hermanas.

—Tan simpáticas como cobras recién nacidas. Por ellas estoy metido en tantas actividades escolares: la Sociedad de Honor, el Club de Ruso, la Agrupación 4-H, el equipo de baloncesto... Soy capaz de hacer cualquier cosa con tal de no tener que cuidarlas. En este momento estaría en una reunión de los Futuros Granjeros de América oyendo hablar de enfermedades de pollos si no fuera porque quería verte.

Willie se inclinó hacia adelante.—Bueno, a ver, ¿cómo es que tú estableces contacto con ese BB-9?

La mirada de sus ojos castaños súbitamente se hizo penetrante y en el rostro le apareció una expresión tan intensa, que Kate pudo imaginar cómo sería Willie de mayor.

—Bueno, simplemente escribo: "Soy la compugenio—así es como él me llama—tengo un mensaje para BB-9. ¿Lo recibirás?"

—¿Y él te responde?

—Siempre lo ha hecho.

—Será mejor que yo escriba: "Soy un *amigo* de la compugenio". De esa manera, somos honestos.

—¿Y si contesta?

—No va a hacerlo. Sería imposible, pues no estoy conectado a ninguna otra computadora. Pero si lo hiciera, lo que no es posible a menos que sea realmente un ser del espacio, entonces, le pediré que se describa o algo por el estilo.

—Ya yo tengo su retrato.—Kate abrió el cuaderno y sacó el dibujo de BB-9. Sin pronunciar una palabra, le entregó la hoja de papel a Willie.

—¿Éste es él?

—Sí.

—¿Fue él quien te envió esto?

—Sí.

Willie observó la imagen de BB-9 por un instante en silencio. Seguidamente, comentó:—Se parece un poco a mí.

—Eso fue lo que dijo Linda.

—Pues muchas gracias. Seguro dijo que tenemos la misma forma.

Kate bajó la cabeza y sonrió un poco.

—¡Lo hizo!—Willie enrojeció—. Me doy cuenta por el modo en que sonríes.

—No seas tan sensitivo y envía el mensaje.

Willie seguía mirando el dibujo.

—¿Por eso fue que pensaste que yo estaba enviando los mensajes? ¿Por que este *triste* dibujo se parece a mí?

—No. Envía el mensaje.

—¿Qué edad tiene? ¿No te lo dijo? Quizás es su retrato de viejo.

—Probablemente tiene nuestra edad. Envía el mensaje.

—¿Un extraterrestre adolescente? ¿Para qué viene a visitarnos? ¿Para un tratamiento de acné?

—¡Envía el mensaje!

Willie encendió la computadora y escribió:

SOY UN AMIGO DE LA COMPUGENIO. ESTOY
TRATANDO DE COMUNICARME CON BB-9.
¿ESTÁS AHI, BB-9? ¿PUEDES RECIBIR?

Durante el silencio que siguió, Penélope abrió la puerta de la cocina y se quedó en la entrada, con los ojos fijos en ellos.

—No, Penélope. Regresa a la cocina.

Penélope entró en la habitación y se detuvo detrás de la butaca, fuera del alcance de Willie.

—Mamá, Penélope nos está molestando—se quejó Willie—. Penélope, vuelve a la cocina.

—¡*No*!

Los ojos de Penélope observaban la computadora. Todas las cosas que le interesaban estaban prohibidas: el teléfono, el control remoto del televisor, la computadora, el equipo estereofónico. Le dio la vuelta a la butaca.

—¡Mamá, estamos haciendo la tarea!—gritó Willie y por encima del hombro le dijo a Kate—: Le tengo que decir eso, si no, tengo que cuidarlas.

Se concentró de nuevo en la computadora.

—Nunca tengo un minuto para mí, como podrás

haber adivinado.

—A continuación, escribió:

REPITO. SOY UN AMIGO DE LA COMPUGENIO.
ESTOY TRATANDO DE COMUNICARME CON BB-9.
¿ME OYES?

Levantó la vista y advirtió:—Penélope, no toques nada. Lo digo en serio.

Penélope ya se encontraba al lado de la computadora: la nariz mocosa y los ojos redondos clavados en las teclas. Estaba esperando una oportunidad.

—En serio, Penélope. Regresa a la cocina. ¡Mamá, llama a Penélope!

Empezaron a aparecer palabras en la pantalla.

SOY...

En ese preciso momento, aprovechando que la atención de Willie estaba dirigida a la pantalla, Penélope atacó. Estiró los brazos y sus dedos gordinflones cayeron en firme sobre las teclas.

—¡*Mío*!

—¡No! ¡Eso *no* es tuyo!

Willie alzó a Penélope por los aires, despegando sus deditos de las teclas.

—¡Mira lo que has hecho!

Willie cargó a Penélope bajo su brazo y se la llevó, pataleando y gritando, a la cocina.

Kate lo oyó decir:—Mamá, no dejes salir de la cocina

a Penélope. ¿De acuerdo? Nos está molestando mucho.

A lo cual la señora Lomax respondió:—Pues es que quiere estar donde está la acción.

—¡Mamá!

—Está bien. Siéntala en su silla de comer, Willie, y dale una galleta.

Mientras Willie estaba acomodando a la rebelde Penélope en la silla, luego de llenarle las manos de galletas y murmurarle al oído "Aquí tienes, Atila", Kate, sentada sola frente a la computadora Apple, leía el mensaje que iba apareciendo en la pantalla.

SOY BB-9. ESTOY LISTO PARA RECIBIR TU MEN-SAJE. ADELANTE, AMIGO DE COMPUGENIO.

El bromista espacial

Por un instante, Kate no pudo reaccionar. Después se echó hacia adelante y puso las manos sobre el teclado. Comenzó a escribir:

BB-9, SOY LA COMPUGENIO.

Se encontraba indecisa, preguntándose qué añadir, cuando BB-9 continuó enviando su propio mensaje.

ESTOY CONFUNDIDO, COMPUGENIO. ESPERABA
RECIBIR UN MENSAJE DE TU AMIGO. ¿ES LA
MISMA PERSONA QUE ESTABA CONTIGO LA
ÚLTIMA VEZ? LA COMPUTADORA ES DIFERENTE.

Kate escribió:

NO, ES OTRA PERSONA. SE LLAMA WILLIE.

¿CÓMO SUPISTE QUE...?

Willie entró en la habitación y cerró la puerta detrás de él.

—Perdona la interrupción. Ya Atilita, la reina de los hunos, está en su silla, por lo que nadie vendrá a molestarnos de nuevo.

HOLA, WILLIE.

Willie se detuvo al leer el mensaje en la computadora.—¡Esto no puede ser cierto!

¿QUÉ ES LO QUE WILLIE QUIERE SABER?

—¿Respondió?

—Sí.

—¿El extraterrestre adolescente respondió?—Se acercó unos pasos en sus gastados tenis—. ¿Seguro que tú no estás escribiendo esto?

—¡No!—contestó Kate, levantando ambas manos mientras un nuevo mensaje aparecía en la pantalla:

REPITO. ESTOY LISTO PARA RECIBIR EL MENSAJE
DE WILLIE. NO PUEDO ESPERAR, COMO DICEN
USTEDES, EL DÍA ENTERO. LOS PREPARATIVOS
PARA MI ATERRIZAJE ME ESTÁN TOMANDO
GRAN PARTE DEL TIEMPO.

—Para comenzar, dile que quiero saber de dónde es.

Kate escribió:

WILLIE QUIERE SABER DE QUÉ PLANETA ERES.

Willie atravesó la habitación y se quedó de pie detrás de la silla de Kate. Luego se inclinó por encima de su hombro.

SOY DEL PLANETA ROSQUILLA EN EL SISTEMA
SOLAR ROSQUILLERO. ROSQUILLA ES EL NO-
VENO PLANETA EN TAMAÑO DE...UN MOMENTO,
¿QUIEREN QUE DIBUJE MI PLANETA?

—Por supuesto que sí. Veamos Rosquilla—exclamó Willie.

Kate lo miró y escribió:

SÍ.

—Esto se está poniendo bueno—comentó Willie halando una silla para sentarse. Se aproximó a la pantalla cuando empezaron a aparecer líneas.

—El planeta Rosquilla. ¡Qué gracioso!—dijo Willie con voz medio enfadada mientras observaba completarse el dibujo—. ¿Y aquello se supone que sea la luna de ellos o es, simplemente, el relleno del hueco de la rosquilla?

Kate sonrió.—¿Quieres que le pregunte?

—No, eso es precisamente lo que él quiere que hagamos. Pregúntale cuándo nos va a visitar.

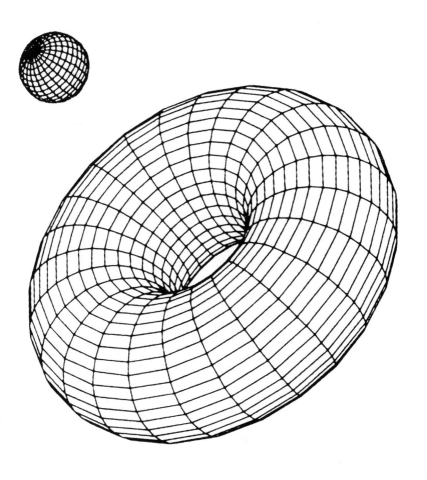

Kate escribió:

> MENCIONASTE QUE TE ESTÁS PREPARANDO
> PARA ATERRIZAR EN LA TIERRA. ¿CUÁNDO Y
> DÓNDE ATERRIZARÁS?

El dibujo del planeta Rosquilla desapareció de la pantalla.

> MI ATERRIZAJE ESTÁ PLANEADO PARA EL JUE-
> VES. ESA NOCHE HABRÁ UNA NEBLINA ESPESA.
> NECESITO LA NEBLINA PORQUE QUIERO ATE-
> RRIZAR SIN QUE ME DESCUBRAN. ESTOY ESTU-
> DIANDO VARIOS LUGARES CERCA DE USTEDES.

—¿Cómo por ejemplo?

Antes de que Kate pudiera escribir la pregunta de Willie, la respuesta apareció:

> UN SITIO POSIBLE ES UN CAMPO GRANDE REC-
> TANGULAR QUE PARECE SER USADO LOS VIER-
> NES POR LA NOCHE.

—¿El estadio de fútbol americano de la escuela?— exclamó Willie—. ¿Está considerando aterrizar en un campo de fútbol?

> TAMBIÉN ESTÁ BAJO CONSIDERACIÓN UN TE-
> RRENO GRANDE AL SUR DE LA CIUDAD QUE SE
> ECHA A PERDER A VECES POR LA PRESENCIA DE
> UNOS SERES DE CUATRO PATAS LLAMADOS

VACAS. EN EL PASADO HE TENIDO MALA SUERTE CON LOS ANIMALES. LES PUEDO MOSTRAR CICATRICES DE MORDIDAS Y ARAÑAZOS DE CADA PLANETA QUE HE VISITADO. LA CICATRÍZ DE CALABRIA LLAMA ESPECIALMENTE LA ATENCIÓN.

—Mejor que se decida por el campo de vacas—señaló Willie—. Dile que va a haber un gentío el jueves en el estadio de fútbol. Explícale que lo peor que le puede hacer una vaca es babearlo, a menos que haya algún toro, por supuesto. Si ve que una de las vacas tiene cuernos y...

—¡No me digas que tú crees todo esto!

Kate se dio la vuelta. Habló con una dureza no acostumbrada al descubrir que ella misma también se lo estaba creyendo.

—Bueno... No, por supuesto que no lo creo. ¿Qué te hace pensar que lo creo?—Willie retrocedió unos pasos. Cruzaba y descruzaba los brazos.—Es que tiene una forma cómica de decir las cosas, eso es todo. Y la mitad de las veces contesta las preguntas antes de que se las hagamos.

Kate y Willie se miraron, cada uno tratando de medir la credulidad del otro.

Fue Willie quien rompió el silencio.—Bueno, al menos dile que las vacas son inofensivas... por si acaso, ¿me entiendes?

Kate colocó los dedos encima de las teclas, pero en

ese momento estaba entrando un nuevo mensaje.

> NATURALMENTE, SIEMPRE HABRÁ UN RIESGO,
> CUALQUIERA QUE SEA EL LUGAR DONDE ATE-
> RRICE, PERO ESTOY DISPUESTO A CORRER PELI-
> GRO CON TAL DE CUMPLIR MI MISIÓN.

—¡Misión! No me habías dicho que tenía una misión.

—No lo sabía.

—Pregúntale qué… Espera un momento, déjame a mi preguntarle.

El resto del mensaje apareció antes de que las manos de Willie tocaran el teclado.

> TODA MI VIDA, COMPUGENIO, HE SENTIDO LA
> NECESIDAD DE REÍR. CRÉEME, EN OTRA ÉPOCA
> NOSOTROS TUVIMOS LA CAPACIDAD DE REÍR,
> PERO LA PERDIMOS POR FALTA DE USO, DE LA
> MISMA FORMA QUE USTEDES PERDIERON LA
> COLA. PROBABLEMENTE USTEDES NO EXTRA-
> ÑAN LA COLA, QUIZÁS HASTA FUE UNA MOLES-
> TIA CUANDO EMPEZARON A USAR PANTALONES.
> SIN EMBARGO, YO SI EXTRAÑO LA RISA.

Kate y Willie permanecieron sentados sin moverse. La puerta de la cocina se abrió detrás de ellos y Penélope entró lentamente en la habitación. Sin que se dieran cuenta, caminó sobre la alfombra y se paró al lado de Kate. Abrió su manita ofreciéndole a la muchacha un puñado de galletas sucias.

POR SUPUESTO, NO SÉ SI EN LA TIERRA ME CON-
SIDERARÁN CÓMICO. COMO LA RISA NO EXISTE
EN LOS OTROS PLANETAS, NO TENGO EXPERIEN-
CIA EN HACER REÍR. NO PUEDO CONTAR CON EL
JA-JA PROGRAMADO DE ELMER. HASTA AHORA
SOLO ME HE DIVERTIDO A MI MISMO.

Kate bajó los ojos y miró las galletas. Distraídamente
estiró la mano para tomar una.

—¡*No*! ¡*Mío*!—Penélope cerró el puño alrededor de
sus sucias galletas. Esperó con el puño cerrado debajo
de la barbilla. Cuando Kate se volvió a la computadora,
Penélope abrió la boca desilusionada.

AHORA ME ESTOY PREPARANDO PARA CERRAR
COMUNICACIÓN. TENGO MUCHAS COSAS QUE
HACER. QUIZÁS LA PRÓXIMA VEZ QUE ESTA-
BLEZCA COMUNICACIÓN CONTIGO, COMPUGE-
NIO, SEA EN PERSONA. BB-9 CIERRA CONTACTO.

El lado derecho del papel

Kate caminaba lentamente hacia su casa por debajo de la bóveda de los árboles. Las hojas lucían los vivos colores de otoño y el sol de octubre descendía en el cielo, como un círculo de cobre, a una hora de ocultarse. Kate miraba hacia delante, los ojos abiertos de par en par, sin fijarse en nada en particular.

Por su cabeza pasaban los acontecimientos de esa tarde, de los últimos días. Ninguno de ellos tenía sentido.

—Muy bien, esto es lo que vamos a hacer—Willie había dicho finalmente—. Tomamos una hoja de papel y la dividimos en dos, de esta forma.—Cuidadosamente, dobló la hoja de papel y la abrió de nuevo—. Ahora, en el lado izquierdo escribiremos las razones por las que pensamos que BB-9 es un farsante. En el lado derecho, las razones por las que consideramos que es real... Mi papá me enseñó a tomar decisiones así. Después estudiamos las dos listas con mucho cuidado y tomamos una decisión. Por lo general funciona.

Se acomodó de nuevo en el sofá y aclaró:—Bueno, la mayoría de las veces funciona. En una ocasión, hice una lista de todas las razones por las que debía perder peso. En el lado izquierdo escribí cosas como "estar delgado es saludable" y "la gente delgada vive más años" y en el lado derecho las razones por las que no debería bajar de peso eran: chocolatinas, palomitas de maíz con mantequilla caliente, helados... pero al llegar a la cuarta razón tenía tanta hambre que corrí a la cocina y devoré un paquete de galletitas de chocolate. De todas maneras, hagamos la prueba.

Kate estaba sentada en el sofá. Las últimas palabras de BB-9 no se borraban de su mente:

QUIZÁS LA PRÓXIMA VEZ QUE ESTABLEZCA COMUNICACIÓN CONTIGO, COMPUGENIO, SEA EN PERSONA.

—Empecemos por la razón número uno. ¿Por qué pensamos que se trata de un farsante?—Al no responderle Kate, Willie la miró detenidamente—. ¿Vas a hacer esto conmigo o no?

—¿Hacer qué?

—¡Las listas! ¿De qué piensas que he estado hablando durante media hora? Bueno, yo la empezaré. Creemos que es un engaño porque...—Se echó hacia atrás con los ojos cerrados para concentrarse. De repente los abrió—. Bueno, francamente no me impresionó ese planeta Rosquilla. ¿Qué te pareció a ti?

—Eso fue un chiste. Él dice que es una especie de cómico.

—Pues no es muy bueno. Bueno, a ver, ¿por qué pensamos que es un farsante? Aparte de que todo esto es imposible. Yo no creo en misteriosos objetos voladores ni en extraterrestres ni en máquinas del tiempo. ¿Acaso tú sí?

—Sí.

—No podemos ponernos de acuerdo en nada.—Se rascó la cabeza con su pluma—. Muy bien, pasemos por alto las razones por las que consideramos que es un farsante y saltemos al lado derecho de la página. ¿Por qué consideras que es real?

Willie jugueteó con la pluma.—Uno: porque nos ha demostrado que tiene acceso a todas las computadoras. ¿Qué opinas de eso?—Willie empezó a escribir.

—No, no a *todas* las computadoras—aclaró Kate, sentándose más derecha—. Tiene acceso a *dos* computadoras: la tuya y la de mi papá. Seamos precisos.

—Por supuesto. Acceso a *dos* computadoras. ¿Qué te parece la razón número dos? Porque a veces contesta nuestras preguntas antes de que las hagamos.

—No, mi hermana también hace eso.

—Mi mamá también. Es capaz de adivinar lo que pienso. Puedo estar sentado aquí, leyendo un libro y me dice: "No, Willie, no te puedes comer un chocolate". Sabe con certeza en qué clase de dulce estoy pensando e, incluso, la cantidad exacta: "¡No, Willie! No puedes comerte treinta y siete Chocolates M & M". Voy a tachar la razón dos. Esta lista está comenzando a parecerse a mi último examen de ciencias. Ayúdame.

Kate suspiró. Se acomodó el pelo detrás de las orejas y contempló a Willie sin hablar.

Willie dijo:—¿Qué te parece por los dibujos que envió?

—Cualquiera pudo haberlos dibujado.

—Solamente *con* el programa de computadoras adecuado. Bueno, ¿Qué te parece debido a que...?

De pronto dejó caer la lista en su regazo con desaliento.

—Estamos perdiendo el tiempo. No estamos resolviendo nada.

—Estoy de acuerdo.

—De todas maneras, no creo que tú quieras que sea de verdad.

—¿Tú sí quieres?

—Claro que sí. Me gustaría conocer un ser del espacio, incluso si no pudiéramos contárselo a nadie. "Oye, ayer conocí un extraterrestre". "Seguro, mi amigo.

Vamos a ver cómo te queda esta bonita camisa de fuerza".—Willie se calló y miró intensamente a Kate—. ¿No quieres que suceda eso?

—No sé lo que quiero.

Kate se puso de pie y se calzó los zapatos. Willie se había acomodado en el sofá, preparado para una larga conversación acerca de las interesantes posibilidades de BB-9. Ahora se levantó inmediatamente y miró su reloj.

—¿Te vas? No te vayas.

—Sí, tengo que irme. Ya son más de las cinco de la tarde.

—Bueno, llámame si te enteras de algo o si pasa algo.

—No va a pasar nada.

—Yo creo que sí.

La conversación y la lista sin terminar habían dejado a Kate con mas confusión todavía. Caminó lentamente hasta su casa y abrió la puerta lateral. Se apoyó contra el marco.

En la sala de estar vio a su hermana. Cassie le estaba leyendo una revista al perro.

—Ahora, escucha esto, Harvey. Presta atención.— Estaba leyendo cuidadosamente y con lentitud, como si se tratara de un niño pequeño—. Éste es un artículo publicado por la revista *People* dedicado a un perro. Es acerca de un perro que fue considerado el héroe del año. Mira, aquí está su fotografía. Su nombre es Budweiser. Odio esos nombres. Me alegro que tú tengas un nombre de persona. Esto es lo que hizo Budweiser: su amo estaba en un bote y el bote se volcó... Ah, hola Kate. No te oí entrar.

—Todavía no estoy adentro.—Kate entró—. ¿Por qué le estás leyendo al perro?

—Porque me gusta. Tiene más sentido que hablarle a las plantas. Al menos tiene orejas. ¿No es así, Harvey?—Cassie le haló una oreja—. Bueno, orejas sucias, pero al fin y al cabo son orejas.

—Rompí mi promesa—Kate confesó abruptamente.

—Lo supe desde que te vi. Te ves peor que anoche.

—También me siento peor.

—¿Quieres hablar un rato?

—No.

—Entonces, sigo mi lectura sobre Budweiser. Y cuando termine, Harvey, traeré el periódico para leerte los muñequitos de Snoopy.

Kate cerró la puerta y se dirigió a su dormitorio.

Una sospecha

—¡**N**o, Willie, no ha pasado nada!—Kate gritó en el teléfono tan pronto como levantó el auricular. Era la cuarta vez que Willie la llamaba desde que cenó. Incluso Cassie había comenzado a decir: "¡Apuesto que es Willito!" cada vez que sonaba el timbre.

—Yo sé que no ha pasado nada, vaya. Te diré porqué llamé. Traté de hacer contacto con BB-9 tres veces durante *Increíble pero cierto* y, a propósito, ¿tú viste ese programa?

—No, Willie.

—Un hombre tenía la cara cubierta de abejas. Bueno, intenté comunicarme tres veces y no me contestó.

Kate suspiró.—BB-9 comentó que estaba ocupado, Willie. Dijo que se estaba preparando para aterrizar en la Tierra. ¿Recuerdas?

—Claro que recuerdo. Pero se me ha ocurrido una idea interesante: las únicas veces que nos hemos comunicado con él es durante horas de oficina.

—¿Qué?

—En otras palabras, BB-9 puede ser alguien que trabaja con una computadora, digamos, durante el día. ¿Te das cuenta? Y para entretenerse en su oficina, se inventó el cuento del extraterrestre.

Hizo una pausa para ver el efecto de sus palabras. Al escuchar otro suspiro, continuó rápidamente.

—Dime, ¿te has comunicado con él alguna vez después de las cinco?

—No, pero una vez hice contacto con él en un domingo—dijo, recordando con horror ese domingo.

—Bueno, mucha gente trabaja los domingos—contestó Willie—. De todas maneras, es sólo algo para anotar en el lado izquierdo de la página: sin contactos después de las cinco de la tarde.

—Muy bien, Willie. ¡Escríbelo en el lado izquierdo de la página!—Kate colgó violentamente el teléfono y se quedó mirándolo. De repente se sentía enojada. Deseó no haber compartido con Willie el secreto de BB-9, deseó…

El padre de Kate salió de la cocina.—Me alegra ver a mi niñita de tan buen humor.

—Papi, no es nada cómico.

—De eso me doy cuenta, cariño. Tiraste el teléfono como si fuera el detonador de una bomba.

—Esa fue mi intención. Quisiera que ese Willie Lomax me dejara en paz.

—No, no te creo.

—¡Sí quiero! Es... —Repentinamente la mirada de Kate se iluminó al ver a su papá poniéndose el abrigo.

—¿A dónde vas?

—A la oficina.

—¿Puedo ir contigo?

—Kate, voy a estar allí cinco minutos. Sólo quiero revisar una radiografía.

—Es todo lo que necesito: cinco minutos.

El doctor Morrison suspiró.—Vamos.

Kate se sentó en el auto al lado de su padre, mirando las luces de los carros que cruzaban.

—Pareces preocupada.

—Estoy preocupada.

—Me recuerdas el retrato de mi bisabuela que tu madre no me deja colgar en la sala.

—Está bien. ¿Ahora estoy mejor?—preguntó Kate, forzando una sonrisa.

—Mucho mejor.

—Estoy cansada de que me digan que no tengo sentido del humor, que soy demasiado seria, que tengo que sonreír más. Deberían inventar una píldora que haga que uno sonría el día entero.

—Ya la han inventado, mi amor, pero no es legal.—El doctor Morrison entró en su espacio de estacionamiento—. Escucha, Kate, es en serio: solamente cinco minutos.

—Ya lo sé. Si no puedo hacerlo en cinco minutos, entonces, no puedo hacerlo.

Tan pronto como su padre abrió la puerta, Kate se le adelantó corriendo al cuarto de la computadora. Sin quitarse el abrigo, la encendió e introdujo el disquete.

SOY LA COMPUGENIO. ¿ESTÁS AHÍ, BB-9?

Esperó tamborileando con los dedos en la mesa. Miró su reloj. Pasaron treinta segundos.

REPITO. SOY LA COMPUGENIO. ¿ESTÁS AHI, BB-9?

De nuevo observó el reloj. El segundero avanzó otros treinta segundos.—¡Responde!—le gritó a la computadora.

—¿Me hablabas?—preguntó su papá desde la otra habitación.

—No.

Kate miró el reloj de nuevo. Otros treinta segundos. Sentada tensa e inclinada hacia adelante, con las manos en las teclas, mientras pasaban los segundos, se dio cuenta de que verdaderamente quería una respuesta. Deseaba que BB-9 no fuera un farsante, que no fuera algún operador de computadoras aburrido en una oficina.

Se acomodó el pelo detrás de las orejas y observó su

reloj otra vez.

—¡Ya estoy listo, Katie!—le avisó su padre desde la puerta.

—¡Pero todavía me queda otro minuto! Sólo han pasado cuatro. He estado observando el reloj.

En la otra habitación, su padre encendía y apagaba la luz una y otra vez.

—¡Papá!

De pronto dejó de hablar, dejó de respirar. En ese instante, comenzaron a aparecer palabras en la pantalla de la computadora.

> SOY BB-9. ¿POR QUÉ TODO EL MUNDO QUIERE
> COMUNICARSE CONMIGO? ESTOY TAN OCU-
> PADO COMO UN PULPO DE UN SOLO
> TENTÁCULO. NECESITO CADA SEGUNDO PARA
> PREPARARME PARA MI ATERRIZAJE. NO ES,
> COMO DICEN USTEDES, UN PASEO. CADA
> CINCO MINUTOS UN MENSAJE: ¿ESTÁS AHÍ, BB-9?
> ¿ESTÁS AHÍ, BB-9? POR SUPUESTO QUE ESTOY
> AQUÍ. ¿QUÉ ES LO QUE QUIERES?

Autorretrato de BB-9

Kate permaneció inmóvil por un momento. La emoción la embargaba. BB-9 había pasado la prueba. Se inclinó hacia adelante, su cuerpo tenso como la cuerda de un violín.

—¡Katie!—la llamó su papá.

No contestó. Como una voz lejana había escuchado la llamada del doctor Morrison, pero todo su interés estaba dirigido hacia BB-9.

—¡*Katie!*

Apenas oyó su nombre. Con la boca seca y los dedos temblorosos, comenzó a escribir.

BB-9, TE ESTABA LLAMANDO PORQUE QUERÍA
ASEGURARME DE QUE ESTÁS AHÍ. MI AMIGO WI-
LLIE Y YO SOSPECHÁBAMOS QUE ALGUIEN NOS
ESTABA HACIENDO UNA BROMA. SOS-
PECHÁBAMOS QUE ERAS ALGUIEN QUE SÓLO
TIENE ACCESO A LAS COMPUTADORAS DU-
RANTE HORAS DE TRABAJO.

Esperó tensa con las manos aferradas a las rodillas y
los ojos fijos en la pantalla.

NO, NO SE TRATA DE UNA BROMA, AUNQUE REAL-
MENTE TE HICE UN CHISTE EN UNA OCASIÓN,
COMPUGENIO. ME REFIERO A CUANDO TE ENVIÉ
MI RETRATO. ÉSA FUE LA BROMA. EL RETRATO
ERA DE ELMER, MI ROBOT PRINCIPAL. ESPERO
QUE NO TE OFENDA SABER QUE NUESTROS RO-
BOTS TIENEN NOMBRES HUMANOS, MIENTRAS
NOSOTROS PREFERIMOS LETRAS Y NÚMEROS
CON MAYOR SIGNIFICADO.

Kate respondió:

NO, NO ESTOY OFENDIDA. YO...

—¡*Kate*!

Ahora su padre estaba parado en la puerta del cuarto
de la computadora con el ceño fruncido. Esperó, con las
manos metidas en el abrigo, a que ella lo mirara. Kate lo
miró un segundo por encima del hombro y rápidamente

volvió a mirar la pantalla de la computadora donde estaba entrando un nuevo mensaje de BB-9.

ME ALEGRA MUCHO QUE TE HAYAS COMUNI-
CADO CONMIGO, COMPUGENIO, PORQUE ASÍ
TENGO LA OPORTUNIDAD DE ENVIARTE MI RE-
TRATO VERDADERO. PARA MI VISITA A LA TIE-
RRA, HE TOMADO LA APARIENCIA DE UN
TERRÍCOLA. DE NO HACERLO ASÍ, ESTOY SE-
GURO DE QUE NUNCA CUMPLIRÍA MI MISIÓN. EN
VEZ DE RISAS, ESCUCHARÍA GRITOS DE ES-
PANTO. SERÍA UNA SITUACIÓN PELIAGUDA,
COMO DICEN USTEDES.

—Por eso es que no me gusta traerte conmigo, Kate—la regañó su papá—. Siempre dices que sólo estarás cinco minutos y tengo que esperarte durante media hora. Me he pasado la vida esperando a las mujeres y ya estoy harto. Primero fue mi madre. Mi padre y yo tuvimos conversaciones larguísimas esperando en el carro que saliera de las tiendas. Después fue Becky Warren. Te apuesto que he perdido años esperándola para…

PODRÁS RECONOCERME PORQUE PARA LA
OCASIÓN ME PONDRÉ UNA CAMISETA QUE DICE
"EL COSMOLOCO". NO TE SERÁ DIFÍCIL DESCU-
BRIRME. ¿YA ESTÁS LISTA PARA VER MI RE-
TRATO?

Kate escribió:

SI.

Su padre se calló al darse cuenta de que Kate no estaba prestando atención a lo que decía. Entró en la habitación. Nunca había visto a Kate así: concentrada

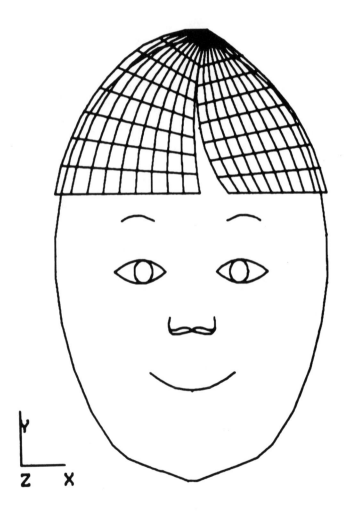

profundamente, su tensa columna arqueada hacia adelante y el cuello estirado.

Observó por encima del hombro de su hija cómo iban apareciendo las líneas del autorretrato de BB-9. Cuando el último detalle, la boca sonriente, estuvo en su lugar, se enderezó.

—En ninguna parte del mundo he visto una cara así— dijo su papá.

—Claro que no, no es de *este* mundo.

La cuenta regresiva

—¿Todavía estás enojada conmigo?

—¿Qué?

—¿Que si todavía estás enojada?

Kate miró a Linda a través del pasillo. Tenía la mente en blanco. En los últimos días habían ocurrido tantas cosas que se había olvidado del incidente de la oficina.—Ah, ¿por aquello? No, no lo estoy.

—Perfecto. Es que no puedo *soportar* que la gente se enoje conmigo.—Linda abrió su cuaderno y continuó—: Una vez cuando era muy pequeña, soñé que el pato Donald estaba molesto conmigo y que no me dejaría verlo de nuevo por televisión. Me desperté con un ataque de histeria y mi mamá pensó que iba a tener que llamar a un psiquiatra de niños.—Linda simuló meterse el dedo pulgar en la boca—. "Baaah, doctor, el pato Donald no quiere que lo vea por televisión". "Entonces, tú debes ser una niña muy malcriada. Fuera de aquí". Te imaginas que...

—Por favor, necesito que toda la clase me preste atención—pidió la maestra, interrumpiendo el monólogo de Linda.

—Cada vez que la profesora Beatenbaugh me ve pasando un buen rato, se le ocurre comenzar la clase. Oye, ¿pudiste hacer la tarea?

—Hice la mitad.

—¿Qué mitad? ¿La lectura o las respuestas a las preguntas? Ay, no mires ahora, pero Willie Lomax te está haciendo señas. Si mueve los brazos un poco más rápido, va a despegar y salir volando: el vuelo del Globo Glotón.

—No seas mala.

—Ves, todavía *estás* molesta conmigo. Cada vez que tú...

—Linda, ¿pudieras atenderme al igual que el resto de la clase?

Linda suspiró.—Soy toda oídos, señorita Beatenbaugh.

Kate bajó la vista hacia su cuaderno. Lo abrió a la espera de que la señorita Beatenbaugh preguntara por la tarea.

De repente, el chico sentado al otro lado de Kate la tocó en el brazo.

—Esto te lo manda Lomax—le dijo, entregándole un pedazo de papel doblado en un cuadradito.

Con lentitud, Kate abrió el papel y lo colocó encima de su pupitre.

Sé que algo ocurrió después de que hablé contigo anoche. Te llamé de nuevo y tu mamá me dijo que te habías ido a la oficina. ¿Estableciste contacto con BB-9? ¿Lograste localizarlo? ¿Qué te dijo?

Kate suspiró. Recordó con claridad cuando estaba sentada frente a la computadora con su padre inclinado por encima del hombro. Lo recordó contemplando el dibujo de BB-9 y preguntándole quién lo hizo. También recordó cuando le contestó que el dibujo lo había enviado un extraterrestre.

—Por favor, Kate. Ni tú misma puedes creer en serio lo que me estás diciendo.

—¡Es cierto! No existe ninguna otra explicación.—Se dio la vuelta y continuó—: Y no me acuses de estar inventando cosas.

—Ay, mi muñequita…

—No me llames así, sabes que no me gusta. Si te dejo, te vas a poner a hablarme de Santa Claus y el Conejo de Pascuas, como si yo fuera una recién nacida.

Su padre guardó silencio por un momento. La miraba fijamente con expresión preocupada.

—Y no me mires de esa forma.

—Déjame explicarte cuál es el problema, Kate. Ustedes, los jóvenes de hoy, piensan que el mundo no es interesante. Tienen que inventarse invasiones espaciales y misteriosos discos voladores para tener un poco de emoción.—El doctor Morrison hizo una pausa.

—Para mí, el mundo es asombroso sin extraterrestres. Acompáñame un día a bucear y luego cuéntame si el mundo no es un lugar sorprendente. Ven conmigo a observar los pájaros del bosque este próximo domingo. Te vas a...

—Papá, esto no es un invento mío.

—Quizás me lo dices con sinceridad. Pero, recuerdo que cuando yo era un muchacho pequeño estaba absolutamente convencido de que...

—¡Ya lo sé! De que había una criatura misteriosa escondida en el fondo de tu ropero—terminó Kate por él—. Esto es...

—De verdad, una vez *vi* algo. Nadie me quiso creer. Tenía los ojos verdes y...

—...una nariz de cerdo como la de Porky. Papá, me has contado ese cuento más de cien veces. Esto es diferente.

—Tu tía Helen acostumbraba a entrar en mi ropero a revisar detrás de la ropa para que yo pudiera dormir. Para mí era algo tan real como esa computadora.

—Papá,¡*esto es diferente*!

Kate calló al ver la expresión de su padre, sabiendo que sería imposible convencerlo. Se dio la vuelta hacia la computadora con la cara ruborizada.

Como una mancha borrosa, vio aparecer nuevas palabras en la pantalla. Pestañeó dos veces para poder leerlas.

COMPUGENIO, DILE A TU PADRE QUE VERDADE-
RAMENTE EXISTE UN BB-9. NO SOY COMO LA
CRIATURA ESCONDIDA ENTRE SUS ROPAS DE
NIÑO. DILE QUE SOY REAL. DILE QUE PRONTO SE
LO VOY A DEMOSTRAR.

El padre de Kate estiró la cabeza. Contempló fascinado el mensaje. Kate pudo sentir el aliento de su papá sobre su cabeza.

—¿Cómo lograste hacer eso?

—No fui yo—protestó, mostrándole sus manos en el aire.

—Ah, ya me doy cuenta. La persona con la que estás en contacto pretende ser del espacio y tú pretendes creerlo.

—Más o menos.

—Mira, hay más—le avisó su padre.

YA HE COMENZADO LA CUENTA REGRESIVA.
NOS HALLAMOS EN T MENOS VEINTE Y—COMO
DICEN LOS ASTRONAUTAS TERRÍCOLAS—CADA
VEZ MÁS CERCA.

—Sea quien sea, tiene una imaginación maravillosa. ¿Pero cómo se enteró de lo del monstruo de mi ropero?

—Quizás—respondió Kate apagando la computadora—, porque ambos son del mismo planeta.

Kate miró al otro extremo del salón y sus ojos se fijaron en Willie. Observó cómo su boca pronunciaba silenciosamente las palabras.

—¿Te comunicaste con él?

—Sí.

—¿Te respondió?

—Sí.

—Nos vemos a la salida.

T menos cinco

AHORA ES T MENOS CINCO...Y CADA VEZ MÁS CERCA.

Eran las tres de la tarde. Afuera, había empezado a caer una ligera llovizna. La neblina se elevaba de los árboles mojados oscureciendo el cielo plomizo del atardecer.

Kate y Willie habían salido apresuradamente de la escuela hacia la casa de Willie. Ahora estaban sentados frente a la computadora Apple, leyendo el mensaje en la pantalla.

¿RECIBISTE MI MENSAJE, COMPUGENIO?

¿T MENOS CINCO?

—T menos cinco… ¡Eso significa que llegará esta noche a las ocho!

Kate asintió con un movimiento de cabeza. Lentamente se desabotonó la chaqueta.

—O sea, no se trata de algo que tal vez ocurra el mes que viene.—La voz de Willie se elevó—. ¡Es esta misma noche!

—Ya lo sé, Willie.

—Bueno, pero es que estás sentada ahí, con esa expresión calmada, como si todos los días tuvieras una cita con extraterrestres. ¿Qué vamos a hacer? ¿Qué vamos a decir? ¿Qué…? Por cierto, ¿qué dijo tu papá de todo esto? Anoche él estaba en la oficina contigo, ¿no es cierto?

—Mi papá cree que es un invento mío. Rechaza totalmente la posibilidad de que BB-9 exista.

—Son cosas de la edad. Ya está muy viejo, igual que mi papá. Nosotros…

Willie hizo silencio al ver aparecer un nuevo mensaje.

NO REVELARÉ LA POSICION EXACTA DE MI ATE-RRIZAJE.

—Me temí que pasara esto—murmuró Willie con desconfianza.

ÉSA ES MI DECISIÓN HABITUAL. A VECES NO ME GUSTA LO QUE ENCUENTRO Y ME PUEDO MAR-

CHAR SIN QUE NADIE ME PUEDA DETENER.

Kate saltó. Inclinándose hacia adelante escribió:

ENTONCES, ¿CÓMO PODREMOS VERTE?
¿DÓNDE NOS ENCONTRAREMOS?

—Debería ser un lugar más o menos público—apuntó Willie en voz baja—. No es que tenga miedo, pero no queremos...

¿ES EL "PALACIO DE LAS HAMBURGUESAS" SUFI-
CIENTEMENTE PÚBLICO PARA USTEDES?

—Bueno, es bastante público—comentó Willie—. Además, si no se presenta, podemos aprovechar la oportunidad y comernos unas hamburguesas, que me encantan.

Kate escribió:

EL "PALACIO DE LAS HAMBURGUESAS" NOS PA-
RECE BIÉN.

El mensaje de BB-9 continuó:

NOS ENCONTRAREMOS ALLÍ A LAS 20:00. ¿HAY
ALGÚN PROBLEMA CON ESA HORA?

—Para mí no—respondió Willie.

SIN PROBLEMAS.

Kate y Willie esperaron, inclinados hacia adelante y

respirando los dos al mismo tiempo.

—¿Piensas que ya desconectó?

NO, WILLIE, HAY ALGO MÁS. NO LLEVEN A
OTROS SERES HUMANOS. TAMPOCO PERROS O
GATOS. NI SIQUIERA AL MÁS INOFENSIVO DE
LOS ANIMALES: UNA LOMBRIZ DE TIERRA, UN PA-
TITO, PUEDE ATACAR. LOS ANIMALES NO SE
DEJAN ENGAÑAR POR LAS APARIENCIAS. CONO-
CEN A LOS SERES ESPACIALES Y NO LES TIENEN
CONFIANZA. ¿ESTAMOS DE ACUERDO?

—Prometo no llevar ninguna lombriz de tierra ni ningún patito—juró Willie y añadió mirando de reojo a
Kate—. Ni siquiera *pulgas*.

Kate sonrió y escribió:

DE ACUERDO.

Esperaron un momento y, entonces, Willie dijo:—
Creo que ya terminó. Muy bien, tenemos que hacer un
plan. Le diré a mi mamá que voy a tu casa a estudiar. No
me queda más remedio. Si le digo que voy al "Palacio
de las Hamburguesas" para encontrarme con un extraterrestre, me va a acusar de que soy capaz de inventar la
excusa más absurda del mundo con tal de no quedarme a
cuidar a mis hermanas.

Kate se dio la vuelta y lo miró.—¿De verdad piensas
que se va a presentar?

—Me imagino que alguien lo hará. Primero lo exami-

naremos desde afuera del restaurante y después decidi-
remos si continuamos nuestro plan o no.

—Yo voy a seguir con nuestro plan—afirmó Kate con
firmeza.

Kate entró en la cocina y se detuvo ante la repisa.—
¿Para qué son esos globos?

—¿No te conté? Le estoy preparando una fiesta de
cumpleaños a Harvey. Hoy cumple cuatro años.

—Cassie, ¡eso es estúpido!

—Quizás, pero me reanima. ¿No te conté de aquel
muchacho que abracé en el partido? ¿Recuerdas? ¿Con
el que iba a ir al estadio esta noche? Bueno, tiene gripe.

Cassie estaba colocando sorpresas para la fiesta alrededor de la mesa: bizcochos para perros adornados con
cintas y sombreros con agujeros para las orejas.
Retrocedió unos pasos para admirar la mesa.

—¡Qué lástima!—comentó Kate—. ¿Quiénes vienen
a la fiesta?

—Entre los invitados están Mister Pop, el perro sabueso de Martee, y el caniche de Minna. Sólo las amis-
tades más allegadas. Les brindaremos hamburguesas
con queso y salchichas. Traté de conseguir ese nuevo refresco para perros, pero no lo tenían en el supermercado.

—Acaba de mejorar mi opinión sobre ese supermercado.

—No seas tan negativa. Mamá no va a estar aquí: va a

jugar a las cartas con sus amigas, y…

—Tampoco yo voy a estar aquí. Voy a ir al "Palacio de las Hamburguesas".

Kate se dio la vuelta. Harvey estaba sentado cerca de la estufa, observando con interés como Cassie hacía los arreglos para los invitados. Ya había logrado, como un obsequio previo a la fiesta, que le permitieran olfatear sus regalos. Y sabía que iba a recibir una chocolatina de goma y un juguete que producía un ruido. Lo que no pudo adivinar era de que se trataba de una rana.

—Feliz cumpleaños, Harvey—lo felicitó Kate arrodillándose y acariciándole la cabeza. Luego se puso de pie y caminó a su dormitorio. Dejó caer los libros en la cama.

Por un momento, se paró junto a la ventana a mirar la neblina que rodeaba los árboles. Un estremecimiento le recorrió la columna vertebral.

Bajó la cabeza y miró el reloj. T menos tres… y cada vez más cerca.

La fiesta de cumpleaños de Harvey

Tocaron a la puerta y Cassie contestó alegremente:—
¡Ya llegan los invitados a la fiesta, Harvey!—le echó una
ojeada a su reloj—. ¡Y llegan tempraníííisimo!—Tenía
puesto un delantal con un dibujo de Snoopy en un bolsi-
llo.

Abrió la puerta y, cuando reconoció a Willie Lomax
de pie en el portal, su sonrisa desapareció.—Ah, eres tú.

—Siento desilusionarte—se excusó Willie parado
sobre la alfombrilla de bienvenida, esperando a que lo
invitaran a pasar.

—Pensé que eras uno de los perros invitados a la
fiesta de Harvey.

Willie tragó en seco.

—No, yo creo que soy un perro que no invitaron.—Se deslizó al interior y preguntó:—¿Está lista Kate?—Cerró la puerta detrás de él y aclaró—: Vamos a hacer la tarea.

—¿En el "Palacio de las Hamburguesas"?

—Sí, es una tarea muy especial…—dijo e hizo silencio. A su mamá le podía mentir fácilmente, pero cuando se trataba de muchachas, la cosa era diferente. Esperó, con la cara roja y la espalda contra la puerta.

De nuevo tocaron a la puerta y dio un salto como si hubiera recibido un corrientazo. Rápidamente, se echó a un lado.

—Ahora, sí *tiene* que ser un invitado a tu fiesta, Harvey—dijo Cassie abriendo la puerta de par en par y enfrentándose al hocico de un gran danés. Lanzó un grito y se puso la mano encima del corazón.

—Soy yo—gritó Martee—. Mister Pop no pudo venir así que pedí prestada a Heidi.

—Martee, no puedes traer un gran danés a mi casa. Ese perro es más grande que nosotras.

—Es perra.

—Pero la invitación era para Mister Pop.—En su desesperación, Cassie le aclaró a Willie—: Mister Pop es un sabueso.

—Mister Pop tuvo que ir al veterinario. Se arrancó todo el pelo del lomo. ¿Qué quieres que haga con Heidi?

—¡Llévala a su casa!

—Cassie, le estás hiriendo los sentimientos.

—Bueno, no me imp…Entra, por favor, y llévala a la cocina. Con permiso, Willie.

—Claro.

Willie se apretó contra la pared para dejar pasar a Heidi y la perra lo miró con ojos cariñosos.—¡Que te diviertas!—le deseó.

Se sintió aliviado al ver a Kate entrar en la habitación.

—Tu hermana está dando una fiesta para perros.

—Ya sé.

En la cocina, Cassie exclamó:—*Por supuesto* que el sombrero no le queda bien. ¡Se suponía que era para un sabueso!

—Espero estar estudiando en una universidad muy lejos cuando mis hermanas hagan cosas como éstas— confesó Willie—. No tengo temple para cosas así.

Kate asintió.—Yo tampoco.—Abrió la puerta y ambos salieron.

Era una noche silenciosa y fría. Los árboles rodeados de neblina le daban al jardín el aspecto fantasmagórico de un cementerio. En el cielo no había luna ni estrellas.

—Bueno, al menos tenía razón sobre una cosa—dijo Willie—. Hay poca visibilidad.

Kate se cubrió la cabeza con la capucha de su chaqueta y añadió:—Sí, en eso no se equivocó.

Willie y Kate caminaron rápidamente por la acera. El aire olía a hojas húmedas y tierra mojada. De los árboles caían gotas de agua tan grandes como canicas. A cada rato, pasaba un carro rumbo a la ciudad.

Willie no paraba de hablar. Le aclaraba la situación a Kate, explicándole lo que pensaba, lo que le preocupaba, cómo se enfrentaría a los reporteros de radio, televisión y periódicos si pasaba lo peor y alguien se enteraba del aterrizaje. A cada rato, hacía una pausa para mirar la hora en su reloj digital e informársela a Kate.

Kate no hablaba. Caminaba con las manos metidas en los bolsillos de la chaqueta mirando el pavimento mojado.

"Es una noche bien extraña", pensó Kate. La fiesta de cumpleaños de un perro y una cita con un ser de otro planeta en el "Palacio de las Hamburguesas". Y, sin embargo, Kate estaba convencida de que nada iba a salir como esperaban.

Ese es el problema con la vida: nunca cumple sus promesas. A la fiesta se presentó el perro que no era. El extraterrestre seguro que tampoco se presentaría.

Kate alzó la cabeza cuando doblaron la esquina. Más adelante se vislumbraba un largo tramo de tiendas y restaurantes con anuncios brillantes de luces de todos colores: Pizza Hut, Sambo's, 7-Eleven y, por supuesto, el "Palacio de las Hamburguesas" coronado por una gigantesca hamburguesa dorada que con la distancia tomaba tonos sobrenaturales.

Willie miró la hora en su reloj:—Dos minutos para las ocho.

Ya Kate podía distinguir el pequeño parque de juegos infantiles del lugar, que esa noche también parecía extraño. La neblina cubría los columpios y los otros juegos para los niños, creando una atmósfera de misterio.

—¡El estacionamiento está casi lleno!—se quejó Willie con voz desmayada—. ¿Qué hace tanta gente aquí?

—Pues están comiendo.

Willie tropezó con el borde de la acera.—Es posible que se hayan enterado de que él venía. Quizás se escapó la noticia. Quizás BB-9 llegue y vea toda esta gente y piense que nosotros avisamos. A lo mejor vino y se fue.

Willie hizo un esfuerzo para recuperar el tono normal de conversación y continuó:—Quizás está aquí afuera en algún lado escondido para ver lo que hacemos.—Le echó una ojeada al lote de estacionamiento.

Kate siguió caminando.

—De todas maneras, estoy seguro de que no está adentro con tanta gente. Esto me está empezando a inquietar. ¿No te ocurre lo mismo a ti?

Sin responderle, Kate estiró el brazo y abrió la puerta.

El encuentro en el "Palacio de las Hamburguesas"

—¡Allí está! ¡Allí está!—gritó Willie, agarrando a Kate por el brazo.

—¿Dónde?

—En la mesa de la esquina. El tipo que está solo. ¿Lo ves? Detrás de donde se devuelven las bandejas.

—Se parece a él.

Kate se colocó a un lado para apartarse de la entrada y permitir el paso de otros clientes. Cuando estiró de nuevo el brazo para abrir la puerta, Willie la haló hacia atrás.

—¿Qué estás haciendo?

—Pues entrar.

—No apresures las cosas. O sea, míralo bien, parece perfectamente normal.

—Eso fue lo que nos dijo, Willie. Dijo que iba a adoptar forma humana y que se pondría una camiseta de "El cosmoloco".

—Sí, forma humana pero será una forma humana bastante rara.

—¿Con antenas en la frente?

—No, pero algo raro… quizás un color de piel extraño…

—¿Verde?

—No *sé* con exactitud. Pero por buena que sea su forma humana, *deberá* haber algo que lo delate y, francamente, ese tipo parece absolutamente normal. ¿Sabes? Me parece haberlo visto antes. Incluso creo que estudia en Hannah Junior High.

Kate fue a abrir otra vez la puerta y Willie la alejó nuevamente.—Escucha, Kate. Si nos está jugando una broma, seguro que trajo a sus amigos para burlarse de nosotros. ¡Mira dónde están! ¡Ahí en el medio! Esos tipos lo van a ayudar a hacernos quedar como un par de idiotas. Mañana mismo se va a enterar toda la escuela de que vinimos al "Palacio de las Hamburguesas" para encontrarnos con un ser de otro planeta.

—No me importa. Voy a entrar. No puedo creer que hayas venido hasta aquí para quedarte afuera, en medio de esta neblina.

—Claro que no. Pero no quiero entrar corriendo como

un imbécil para preguntarle: "Hola, ¿eres tú el extraterrestre del espacio exterior".

—Bueno, si quieres puedes quedarte aquí afuera toda la noche pero, yo, voy a entrar.

Esta vez Kate no le dio oportunidad de pararla. Abrió la puerta de un empujón, esquivó a un hombre que estaba vaciando las sobras en un depósito, pasó al lado de los que esperaban en fila en el mostrador y marchó por entre las mesas directamente al sitio donde el chico estaba sentado.

Estaba en silencio con la vista fija en su bandeja. Sobre ésta, había una hamburguesa con queso y un vaso de refresco que no había tocado. No obstante, Kate tuvo la impresión de que todo el mundo en el restaurante tenía puesta la atención en él. Kate miró a su alrededor. Algunos clientes lo miraban sin disimular su curiosidad. Otros lo miraban de reojo mientras comían. Otros miraban su reflejo en el espejo.

—Hola—saludó Kate y, súbitamente, sintió los labios resecos.

El muchacho alzó los ojos claros y la miró. Su boca dibujó una ligera sonrisa.

—Soy Kate...¿Recuerdas? Compugenio.—Hizo una pausa y continuó hablando atropelladamente—: Mi amigo Willie está esperando afuera. No sabe si esto es en serio o no y teme que nos hagas quedar en ridículo. Él...

Calló avergonzada. En las mejillas le aparecieron dos

manchas rojas.

—Tú eres la persona que estoy buscando, ¿no? Tú eres BB-9, ¿no? O sea, pensé que eras tú porque te pareces al retrato y tienes la camiseta y…

> TU TAMBIÉN TE PARECES A TU RETRATO. TE HU-BIERA RECONOCIDO EN CUALQUIER PARTE.

Kate se inclinó abruptamente y apoyó las manos con fuerza en la mesa. El pelo le cayó sobre la cara. Los ojos le brillaron con intensidad.—Repite lo que me has dicho.

> DIJE QUE TÚ TAMBIÉN ERES IGUAL A TU RE-TRATO. ¿QUÉ ES LO QUE LE OCURRE A TODO EL MUNDO AQUÍ? ¿POR QUÉ ME PIDEN QUE REPITA CADA PALABRA QUE DIGO? ¿ACASO MI VOZ TIENE ALGO EXTRAÑO?

—No, no es que sea extraña. Simplemente suena algo…bueno, un poco mecánica.

> EL PROBLEMA CONSISTE, COMPUGENIO, EN QUE A PESAR DE QUE PODEMOS DUPLICAR LA APARIENCIA DE UN CUERPO HUMANO, NO PO-DEMOS DUPLICAR LA FORMA HUMANA DE HA-BLAR. SOLAMENTE PODEMOS REPRODUCIRLA. ¿SUENO COMO UNA DE TUS COMPUTADORAS? ¿ES ÉSE EL MOTIVO POR EL CUAL TODO EL MUNDO ME ESTÁ MIRANDO?

—Suenas un poco como una computadora, pero a mí no me molesta—aclaró ella rápidamente—. Está bien.

Kate miró por encima del hombro, deseosa de que Willie entrara. A través del cristal empañado de la puerta, vio su cara redonda observándolos atentamente.

EVIDENTEMENTE NO ESTÁ TAN BIEN SI HE LLA-
MADO TANTO LA ATENCIÓN. QUIZÁS SE DEBA A
QUE HASTA AHORA NO HE PODIDO HACER REÍR
A NADIE.

Kate se aclaró la garganta.—¿Ya lo has intentado?

MUCHAS VECES. NO PUEDO EVITARLO. PRI-
MERO, ENTRÉ Y ME PUSE EN FILA PARA ORDE-
NAR MI COMIDA. MIENTRAS ESPERABA,
PREPARÉ UN PEQUEÑO CHISTE. LE PREGUNTÉ A
LA EMPLEADA: ¿QUÉ ES VERDE, DE POCO TA-
MAÑO Y SUENA EEEEERP? LA RESPUESTA ES: UN
MARCIANO CON INDIGESTIÓN. LA EMPLEADA
DIJO: ¿ES ESO UN CHISTE? CONTINUÉ CON EL SI-
GUIENTE: ¿EL LADO OSCURO DE LA LUNA TAM-
BIÉN ES DE QUESO? ENTONCES ELLA ME
PREGUNTO SI LE QUERÍA CONTAR UN CHISTE A
SU COMPAÑERA MYRTLE. CLARO QUE SI,
LLÁMELA, LE CONTESTÉ. MYRTLE LLEGÓ Y LE
PREGUNTÉ: ¿QUÉ PLANETA SE USA CUANDO
UNO ESTÁ ENFERMO? MERCURIO, PARA TO-
MARSE LA TEMPERATURA.

MYRTLE TAMPOCO RIÓ Y ME PREGUNTÓ SI ME
DOLÍA LA GARGANTA. SI, LE DIJE, ES QUE ME
TRAGUÉ LA TIERRA. NADIE SE RIÓ. QUIZÁS
MYRTLE NO SABE QUE TRAGAR TIERRA DA
DOLOR DE GARGANTA Y AFECTA LA VOZ.

—Estoy segura que no sabe mucho de chistes espaciales.

¿NO? BUENO, ENTONCES MYRTLE ME PRE-
GUNTÓ SI QUERÍA CONTARLE UN CHISTE A
MIKE. LE DIJE: POR SUPUESTO, LLÁMELO. EN-
TONCES LE PREGUNTÉ A MIKE QUE CUÁNTOS
VENUSIANOS SE NECESITABAN PARA LIMPIAR
UN COHETE. LA RESPUESTA ES DOS: UNO PARA
AGARRAR LA ESPONJA Y OTRO PARA MOVER EL
COHETE PARA ADELANTE Y PARA ATRÁS.

—¿Se rió?

LAMENTO DECIRTE QUE A MIKE EL CHISTE NO
LE PARECIÓ NADA CÓMICO. QUIZÁS NO SABE
QUE LOS VENUSIANOS SON FAMOSOS EN TODO
EL UNIVERSO POR SU FALTA DE INTELIGENCIA.

—No lo sabía—confesó Kate mirando la puerta y haciéndole señas a Willie para que entrara.

SI ESO ES CIERTO, MI PRÓXIMA SERIE DE CHIS-
TES TAMBIÉN ESTÁ DESTINADA AL FRACASO.

—Cuéntame uno.

COMO TE SEÑALÉ, LOS VENUSIANOS SON CO-
NOCIDOS POR SU TORPEZA MENTAL. ENTON-
CES, ¿COMO PUEDE DISTINGUIRSE CUANDO
UNA NAVE ESPACIAL ES DE VENUS? MUY FÁCIL,
PORQUE POR LEY TIENE QUE LLEVAR UN ANUN-
CIO QUE DIGA: ¡PELIGRO! VENUSIANOS AL
MANDO.

—Creo que ése es cómico.

¿DE VERDAD? ¿NO ME LO DICES PARA QUE ME
SIENTA MEJOR?

PORQUE ESTABA TAN DESESPERADO QUE, IN-
CLUSO, CONTÉ CHISTES DE MAL GUSTO. POR
EJEMPLO, ¿CUÁNTOS VENUSIANOS SE NECESI-
TAN PARA TOMAR AGUA EN LA TIERRA? PUES,
DOS: UNO PARA TOMAR EL AGUA Y EL OTRO
PARA ALZAR LA TAPA DEL INODORO...

—Ay, ay, ay.

ESO FUE EXACTAMENTE LO QUE DIJO MYRTLE.
CUANDO ELLA Y MIKE REGRESARON A TRABA-
JAR, LA EMPLEADA ME DIO MI HAMBURGUESA
CON QUESO Y ME SENTÉ EN ESTA MESA.

—Lo siento mucho, BB-9.

YO TAMBIÉN.

¿Sabes este chiste?

—Entonces, ¿son esos los únicos chistes que has contado?

OH, NO. BUENO, DEBÍ PARAR AHÍ PORQUE EL
OLOR A FRACASO ERA FUERTE, MÁS FUERTE
QUE EL DE ESAS PAPITAS FRITAS. PERO
CUANDO VENÍA PARA LA MESA, DECIDÍ PROBAR
SUERTE, COMO DICEN USTEDES. ME DETUVE EN
LA PRIMERA MESA Y DIJE: ¿QUÉ VUELA CUANDO
SOPLAS LA SUPERFICIE DE LA LUNA? POR SU-
PUESTO: QUESO RALLADO. PERO, NO HUBO
RISAS. ME DETUVE EN LA SEGUNDA MESA.

PREGUNTÉ: ¿QUÉ VUELA CUANDO SOPLAS EN EL
PLANETA BASU? CLARO ESTÁ, BASU-RA. NO
HUBO RISAS, NI SIQUIERA UNA SONRISA. ME DE-
TUVE EN LA TERCERA MESA. ¿QUÉ PLANETA
VIENE DESPUÉS DE MARTE? PUES, MIÉRCOLES.
A ESA ALTURA, TODO EL MUNDO ME ESTABA MI-
RANDO Y NO PRECISAMENTE CON EXPRESIÓN
RISUEÑA. COMENCÉ A PENSAR QUE QUIZÁS MIS
CHISTES ERAN DEMASIADO VIOLENTOS...TODOS
ESOS SOPLIDOS EN LOS PLANETAS...

—No, creo que más bien fue que los sorprendiste. La clientela del "Palacio de las Hamburguesas" no está acostumbrada a que a sus mesas llegue un cómico a contar chistes.

O, QUIZÁS, DEBIERA HABER CONTADO UN
CHISTE SOBRE UN PLANETA MÁS CERCANO.
UNO QUE FUERA MÁS CONOCIDO AQUÍ. UN PLA-
NETA COMO GALAXIA. POR EJEMPLO, GALAXIA
ES BIEN CONOCIDA EN TODO EL UNIVERSO POR
SUS MUJERES ENORMES Y POCO ATRACTIVAS.

BB-9 hablaba pensativo, con los ojos elevados al techo. Su voz, mecánica y sin variaciones de tono, se perdía en el alboroto del local.

¿CÓMO SE DISTINGUE UNA MUJER GALAXIANA
DE UN HIPOPÓTAMO? BUENO, PORQUE EL
HIPOPÓTAMO NO SE PINTA LOS LABIOS.

Kate lo interrumpió.—Vayamos afuera. Todo el mundo nos está mirando y, de todas maneras, quiero que conozcas a Willie.

BB-9 se puso de pie.

ESTÁ BIEN. VAMOS. LLEVO UNA HORA Y NO ME HE REÍDO NI HE VISTO A NADIE REIRSE NI UNA SOLA VEZ. EN EL PLANETA FANGOVIA, ME ARRASTRABA COMO UN NATIVO CINCO MINUTOS DESPUÉS DE HABER LLEGADO. NO ESTOY ACOSTUMBRADO A FRACASAR.

—Ven por aquí.

Kate tomó a BB-9 por el brazo y sintió su piel fría, suave y sin vellos. Mientras se dirigían a la puerta, BB-9 habló de nuevo. Todos los que estaban en el mostrador, se dieron la vuelta para escuchar.

QUIZÁS TIENES RAZÓN. QUIZÁS MI HUMOR ES DEMASIADO GALÁCTICO. DEBO SER MÁS TERRESTRE Y HABLAR DE COSAS MÁS CONOCIDAS.

Enderezó los hombros y las arrugas de desencanto desaparecieron de su frente.

SI, LA PRÓXIMA VEZ SERÉ MAS PERSONAL. HAS SIDO UNA GRAN AYUDA PARA MI. DEFINITIVAMENTE, EN LO SUCESIVO MIS CHISTES SERÁN MÁS PERSONALES.

Willie estaba esperando afuera.—Willie—Kate dijo—. Éste es BB-9 y no es un engaño.

BB-9 miró a Willie. En la boca se le dibujó una sonrisa.

MUCHO GUSTO EN CONOCERTE, WILLIE. ¡CARAMBA! ¡QUÉ GORDO ESTÁS! APUESTO A QUE TIENES MUCHOS ADMIRADORES ENTRE LOS ELEFANTES.

Volteó a mirar a Kate con el rostro iluminado.

¿ESTUVO MEJOR ESO, COMPUGENIO? O HUBIERA SIDO MÁS CÓMICO DECIR: ¡CARAMBA! ESTÁS TAN GORDO, QUE EN LA FOTO DE GRADUACIÓN DE TU CLASE, OCUPARÁS TODA LA PRIMERA FILA.

Willie retrocedió contra un costado del edificio. Kate, viendo su expresión de asombro y dolor, se interpuso rápidamente entre ambos.—BB-9, tú…

NO ME PARES AHORA, COMPUGENIO. ESTOY ENTUSIASMADO.EN LA PLAYA, WILLIE, ¿LA GENTE PAGA POR SENTARSE BAJO TU SOMBRA? YA LE ESTOY AGARRANDO LA ONDA, COMO DICEN USTEDES. WILLIE, ¿ES CIERTO QUE TÚ SOLO TIENES TU PROPIA ZONA POSTAL?

BB-9 dio media vuelta y miró el estacionamiento. Sus ojos claros brillaron cuando distinguió a dos señoras que salían de un Ford.

> OIGA, SEÑORA. USTED ESTÁ TAN DELGADA QUE
> SI ENTRARA EN UN RESTAURANTE ITALIANO, LA
> CONFUNDIRÍAN CON UN SPAGUETTI.
> ¡Y USTED! LA OTRA SEÑORA. ME RECUERDA UN
> GATO DENTRO DE UN CUBO DE AGUA—

BB-9 avanzó unos pasos para observar mejor a un anciano que se bajaba de una camioneta.

> ¡SEÑOR! SI USTED ENTRA EN UNA TIENDA DE ANTIGÜEDADES...¡VAN A TRATAR DE COMPRARLO!

—Creo, que lo mejor es llevárnoslo de aquí—le dijo Kate a Willie.

> ¿POR QUÉ? ¿ACASO NO SOY CÓMICO? ¿QUÉ
> OCURRE QUE NINGUNO SONRÍE?

—Te explicaré en el camino de regreso a casa—le respondió Kate.

BB-9 estiró su camiseta de "El cosmoloco" y su sonrisa desapareció. Hundió los hombros y dijo:

> VAMOS.

El planeta de la risa

BB-9, Kate y Willie caminaron por la calle húmeda y desierta. El extraterrestre dijo:

ESTO NO ES LO QUE YO IMAGINABA. LLEVO NO-
VENTA MINUTOS DESDE MI LLEGADA, TIEMPO
TERRÍCOLA, Y NO HA HABIDO UNA SOLA RISA,
UN PASTEL EN EL ROSTRO, UN RESBALÓN POR
PISAR UNA CÁSCARA DE PLÁTANO. ¿QUÉ ES LO
QUE OCURRE EN ESTE PLANETA? DURANTE
TODA MI VIDA HE SOÑADO CON VENIR AQUÍ,
CON, COMO DICEN USTEDES, HACER MORIR DE
RISA A TODO EL MUNDO. Y ME SIENTO TAN

TRISTE COMO EN CUALQUIER OTRA VISITA IN-
TERPLANETARIA. PARA DECIRLO CON FRAN-
QUEZA, HE METIDO LA PATA.

—Sé cómo te sientes—Willie le respondió con súbita simpatía—. El año pasado en el campamento de computadoras, fui el maestro de ceremonias de un acto y, cuando acabé mi primer chiste, todo el mundo se puso a gruñir.

—Déjalo terminar, Willie.

GRACIAS, COMPUGENIO. INCLUSO EN EL PLA-
NETA XEROXÁN, QUE TAMBIÉN ES CONOCIDO
COMO EL PLANETA CEBOLLA, PORQUE SI ARA-
ÑAS LA SUPERFICIE, SE PRODUCE UN OLOR QUE
TE OBLIGA A LLORAR, UNA VEZ ME PUSE UNOS
ZAPATOS CON CLAVOS PARA SER GRACIOSO,
PERO PRONTO TODO EL MUNDO, INCLUSO YO
MISMO, ESTÁBAMOS LLORANDO Y TUVE QUE ES-
CAPAR A MI NAVE. NI SIQUIERA EN ESA SI-
TUACIÓN ME SENTÍ TAN INFELIZ COMO ME
SIENTO AHORA. CREO QUE LLEGÓ EL MOMENTO
DE QUE ME MARCHE.

—¡Pero todavía no puedes irte!—protestó Kate.

—Nunca has fracasado de esta manera, Kate. No sabes cómo se siente uno de mal—apuntó Willie.

—Mira, BB-9, ésa es mi casa. Las luces están encendidas en el sótano, lo que significa que mi papá está. Tú

me prometiste que ibas a conocerlo. ¿Te acuerdas? Esto
es muy importante para mí. ¡Por favor!

—El doctor Morrison es una persona muy agradable—añadió Willie—. No puedo jurar que ande muerto
de la risa, pero él…

¿DOCTOR MORRISON? ¿TU PADRE ES MÉDICO?

—Sí.

ENTONCES ENTRARÉ UN MOMENTO. UNA DE MIS
ESPECIALIDADES SON LOS CHISTES SOBRE MÉ-
DICOS Y LABORATORIOS.

BB-9 enderezó la espalda. Cuadró los hombros bajo
su camiseta y una sonrisa le apareció en los labios.

¿QUÉ ES LO QUE TIENE PELO NARANJA, LLEVA
ZAPATOS CÓMICOS, Y SALE DE UN TUBO DE EN-
SAYO? EL CLON DE UN CHIVO.

Su sonrisa se acentuó.

HASTA ELMER PARECE DISFRUTAR DE MIS CHIS-
TES MÉDICOS. CUANDO LE CUENTO UNO, ELEVA
EL VOLUMEN DE SU JA-JA.
¿QUÉ REMEDIO PARA LA INDIGESTIÓN TOMA UN
HABITANTE DEL PLANETA ALFA?
POR SUPUESTO, ALFA SELTZER.
¿CÓMO DELETREA UN VENUSIANO ESTOMAGO
LLENO? E-R-U-C-T-O.

Rió complacido.

> ME ENCANTAN LOS CHISTES MÉDICOS.
>
> UN MARCIANO LLEGA A LA TIERRA Y VA AL MÉ-
> DICO. EL DOCTOR LE PREGUNTA: ¿TODOS LOS
> MARCIANOS SON VERDES COMO TÚ?
>
> SÍ.
>
> ¿TODOS TIENEN ANTENAS EN LAS OREJAS?
>
> SÍ.
>
> ¿Y TODOS LOS MARCIANOS ESTÁN CUBIERTOS
> DE MANCHITAS ROJAS?
>
> SÓLO LOS QUE TIENEN SARAMPIÓN.

—Por aquí—le dijo Kate abriendo una puerta—.
¿Papá?

—Un minuto, por favor.

El doctor Morrison no levantó la vista. Estaba ocupado con su colección de trenes de miniatura. Los trenes
marchaban velozmente por las líneas y cruces. Se en-
cendían y apagaban las luces de aviso, sonaban las cam-
panas y subían y bajaban las barreras de tránsito. Un
tren salió de un túnel y entró en una línea lateral. Otro
subió y descendió una montaña de cartón y se detuvo en
la estación. Entonces, el doctor Morrison levantó la cabeza.

—Hola, Kate. ¿Cómo estás, Willie?

—Papá, quiero que conozcas a BB-9.

BB-9 dio la vuelta alrededor de Kate. Miró al doctor
Morrison con ojos brillantes y una sonrisa prometedora.

—Papá, ¿recuerdas que viste un retrato de BB-9 en la computadora? ¿Recuerdas que me dijiste que no podía ser cierto?

—Oh, sí. Bueno, me alegro de saber que eres real—lo saludó el doctor Morrison quitándose la gorra de maquinista y extendiéndole la mano.

—Kate se ha entretenido mucho con tus mensajes. Por un tiempo, temimos que resultaras ser un extraño hombrecito verde.

BB-9 se adelantó para darle la mano al doctor Morrison.

SOLAMENTE ADOPTO EL COLOR VERDE CUANDO ESTOY DE VISITA EN EL PLANETA CLOROFÍLIA. TENGO ENTENDIDO QUE USTED ES MÉDICO.

Al escuchar el tono mecánico de la voz de BB-9, el doctor Morrison miró a su hija, a BB-9 y de nuevo a Kate. Una amplia sonrisa se dibujó en su rostro.

—¡Oh, no!—dijo, levantando los brazos y retrocediendo unos pasos—. No me van a hacer participar en esto. ¿Me quieren hacer creer que este chico es del espacio exterior?

—Escuche, doctor Morrison—Willie intervino adelantándose con rapidez—. No es un engaño. Al principio, yo tampoco lo creí, pero...

—Ahora tengo que admitir, Kate, que has planeado esto de forma muy cuidadosa y hábil. Nos has llevado con perfección a este momento. El detalle de la voz es una obra maestra y si tu mamá estuviera aquí, estoy seguro de que caería en la trampa.

—¡Papá!

—Doctor Morrison, escuche a Kate. ¡Está diciendo la verdad!

—Es una broma muy bien hecha. ¿Y fue idea tuya, no es cierto?—preguntó el médico dirigiéndose a BB-9—. Realmente, tengo que felicitarte.

> ¿QUÉ QUIERE USTED DECIR CON UNA BROMA BIEN HECHA? ¿A QUÉ SE REFIERE, COMPUGENIO? TODAVÍA NO LE HE CONTADO MI PRIMER CHISTE. DOCTOR MORRISON, ¿CUÁNTOS MÉDICOS PROTOVIANOS SE NECESITAN PARA EXTIRPAR UN...?

—Espera, se me ocurre una idea. Llamaré a tu mamá. Está en casa de una amiga jugando a las cartas y puede volver en un par de minutos. Se tragará el cuento completo.

> UN MOMENTO. AHORA RECUERDO UNO MEJOR.

BB-9 rió entre dientes.

> ¿POR QUÉ LAS ENFERMERAS DE PLOTOVIA TIENEN SOMBREROS PUNTIAGUDOS?

—Sí señor, va a pasar un buen rato con esto—. El doctor Morrison se detuvo a mitad de la escalera y apoyándose en el pasamanos, se dirigió a BB-9—: Sabes, la mamá de Kate ha estado preocupada sobre esos mensajes entre tú y Kate, y ella cree en los objetos espaciales. Incluso jura que vio uno el verano pasado. Recuerdo que tuve que convencerla para que no llamara a una emisora. Vendrá en dos minutos.

PERO SEÑOR, SOLAMENTE ME QUEDA TIEMPO PARA CONTAR UNO O DOS CHISTES MÁS. ¿POR QUÉ LAS AMBULANCIAS EN EXXYOR TIENEN LAS RUEDAS CUADRADAS?

Mientras el doctor Morrison subía el resto de los escalones de dos en dos, BB-9 retrocedió hacia la puerta.

CADA VEZ ESTOY PEOR. ESTA VEZ, NI SIQUIERA PUDE TERMINAR UNO SOLO DE MIS CHISTES.

—Me gustaría escuchar el final de tus chistes—le dijo Willie—. ¿Por qué las ambulancias en Exxyor tienen las ruedas cuadradas?

PARA EVITAR QUE LOS PACIENTES...

De repente, BB-9 calló. Retrocedió velozmente dos pasos alzando los brazos en señal de alarma.

¿QUÉ FUE ESO?

—¿De qué estás hablando?—preguntó Kate.

RUIDOS DE ANIMALES. EN ESTA CASA HAY

ANIMALES.

—Son perros. Mi hermana hizo una fiesta de cumple-años para nuestro perro.

—Si actúas como si no tuvieras miedo—comenzó Willie—ningún perro...

ESTO NO ES UNA ACTUACIÓN.

BB-9 se abrazó a sí mismo aterrorizado. Sus claros ojos estaban desorbitados por el temor.

ME VOY.

—Todavía no, por favor—suplicó Kate y se lanzó hacia adelante. Pero con rapidez inhumana, BB-9 dio la vuelta, abrió la puerta y desapareció inmediatamente en la neblina.

—¡Vamos!—gritó Willie—. O si no, lo perderemos.

Su mano agarró el tirador antes de que la puerta acabara de cerrarse. Kate corrió detrás de él.

Salieron corriendo y se detuvieron cubiertos hasta los tobillos por la neblina. Titubearon por un instante, pero Willie distinguió la borrosa mancha blanca de la camiseta de BB-9 al borde de la acera.

—¡Allí está!

Se cogieron de las manos y corrieron.

Cinco minutos más tarde, el padre de Kate bajó las escaleras.

—¡Ya viene!—gritó alegremente al sótano vacío—.

No le conté nada para que se lleve una sorpresa tremenda, así que cuando ella llegue…

El doctor Morrison hizo silencio.

Volteó a mirar a Cassie y al resto de los invitados a la fiesta de cumpleaños, y en voz baja y tono confundido les preguntó:

—Y ahora…¿A dónde se marcharon?

El planeta Gol

¿QUÉ ES ESE RUIDO MARAVILLOSO?

BB-9 se detuvo súbitamente y Kate y Willie casi tropezaron con él en medio de la neblina. Inmóviles, oyeron un rugido rítmico en la distancia: ¡Tigres! ¡Tigres! ¡Ra-ra-ra!

—Ah, es un encuentro antes del partido de fútbol estadounidense—dijo Willie—. Sabes, aquí la gente enloquece con los partidos de fútbol. Están reunidos en el terreno donde casi cometes el error de aterrizar.

PERO PARECE SER UNA MULTITUD MARAVILLOSA.

BB-9 ladeó la cabeza, como hacen los pájaros, para escuchar mejor el ruido de la fanaticada.

—Oh, sí, son maravillosos, hasta que pierden un juego. Entonces, es mejor tener cuidado.

BB-9 seguía escuchando. Sus ojos tenían una expresión lejana.

AHORA OIGO MÚSICA Y CANTOS. SE ME OCURRE LA IDEA DE QUE A UN GRUPO TAN DIVERTIDO LE GUSTARÍA DISFRUTAR DE UN POCO DE BUEN HUMOR.

—¡No! gritó Kate adelantándose y cerrándole el paso a BB-9—. Créeme, no es el sitio adecuado para ti.

—Tiene razón—añadió Willie.

PERO LA MULTITUD YA ESTA PREPARADA. PUEDO PRESENTARME DE INMEDIATO CON UNOS CUANTOS CHISTES. ¿QUÉ ACTIVIDAD ES ÉSTA, EXACTAMENTE?

—Está relacionada con el fútbol, BB-9, pero…

ME ENCANTAN LOS PARTIDOS DE FÚTBOL. ADORO ESA PASIÓN Y ACTIVIDAD EN TORNO A UNA PELOTA Y LOS CHISTES DEPORTIVOS SON UNA DE MIS ESPECIALIDADES. ¿NO SE LOS HABÍA DICHO? Y CON UN PÚBLICO TAN ALEGRE, NO PUEDO FRACASAR.

—Sí puedes fracasar, BB-9—dijo Kate.

—Créele—insistió Willie.

PERO, ÓIGANLOS.

De nuevo, del estadio se elevaron gritos y aplausos. La banda de música comenzó a tocar una marcha y BB-9, como un sonámbulo, salió caminando en dirección al alboroto. Kate miró desanimada a Willie y le siguió los pasos.

AL MENOS DÉJENME ECHAR UNA OJEADA. POR EL CAMINO LES CONTARÉ UNA ANÉCDOTA DE FÚTBOL. ESTOY SEGURO DE QUE LA VAN A ENCONTRAR MUY DIVERTIDA Y ME IMAGINO QUE A LA GENTE REUNIDA EN EL ESTADIO TAMBIÉN LES VA A GUSTAR.

Kate miró con inquietud a Willie y éste se encogió de hombros. Caminando entre ellos, BB-9, con aire despreocupado, comenzó a sonreír.

PRIMERO, LES ACLARARÉ QUE LOS HABITANTES DEL PLANETA GOL SON MUY PEQUEÑOS, MIDEN UNA PULGADA DE ALTURA COMO MÁXIMO Y SUS NAVES ESPACIALES SON EXACTAMENTE IGUALES A LOS BALONES DE FÚTBOL—EL MISMO TAMAÑO, LA MISMA FORMA, EL MISMO COLOR.

BB-9 comenzó a reír.

TIENEN QUE PERDONARME, PERO SE ME ESCA-
PAN LAS CARCAJADAS. A MENUDO, LA REALI-
DAD ES MÁS DIVERTIDA QUE MIS CHISTES.
COMO QUIERA QUE SEA, UN GRUPO PROCE-
DENTE DE GOL VIAJÓ A LA TIERRA EN UNA
MISIÓN DE RECONOCIMIENTO Y, POR CASUALI-
DAD, PASARON POR ENCIMA DEL ESTADIO
ENORME DE UNA GRAN CIUDAD. LAS LUCES ES-
TABAN ENCENDIDAS, LA MULTITUD GRITABA Y
REINABA GRAN EMOCIÓN. ENTONCES, VOLA-
RON MÁS BAJO Y QUEDARON HORRORIZADOS.
DISTINGUIERON ALLÁ ABAJO DOS EQUIPOS DIS-
PUTÁNDOSE REÑIDAMENTE LO QUE LES PA-
RECIÓ UNA NAVE DE GOL, PATEÁNDOLA, SIN EL
MENOR RESPETO, A GRANDES DISTANCIAS. LA
TRIPULACIÓN GOLANA TRATO DE ESTABLECER
CONTACTO CON LA OTRA MALTRATADA NAVE
SIN RESULTADO. EVIDENTEMENTE, EL SISTEMA
ELÉCTRICO DE COMUNICACIÓN SE HABÍA DA-
ÑADO, PENSARON ELLOS. POR LO QUE SÓLO
QUEDABA UNA ALTERNATIVA: ORGANIZAR IN-
MEDIATAMENTE UNA MISIÓN DE RESCATE. LA
INICIARON A MITAD DE UNA JUGADA CON LA IN-
TENCIÓN DE APROVECHARSE DE LA CON-
FUSIÓN. PERO ATERRORIZADOS VIERON CÓMO
UNO DE LOS JUGADORES LOS AGARRABA POR
LOS AIRES Y A CONTINUACIÓN FUE LA LOCURA:
PARECÍA QUE HABÍA MIL MANOS DISPUESTAS A

DAR CUENTA DE ELLOS CON LA PEOR IN-
TENCIÓN. POR ÚLTIMO, UN JUGADOR LOS
LANZÓ CON FUERZA CONTRA EL SUELO Y REBO-
TARON VIOLENTAMENTE.

BB-9 hizo una pausa y miró a Kate.

ME IMAGINO QUE SEPAN LO QUE ES REBOTAR
UNA PELOTA, ¿VERDAD?

BB-9 simuló rebotar una pelota imaginaria.

SUPONGO QUE ESE REBOTE DEBE SER UNA DE
LAS MANIOBRAS MÁS DIFICILES POR LAS QUE
PUEDE PASAR LA TRIPULACIÓN DE UNA NAVE
ESPACIAL...

—Sí, debe serlo—comentó Kate.
—Ajá—dijo Willie.
BB-9 se enjugó las lágrimas provocadas por la risa.

PERO AHORA VIENE LA PARTE CÓMICA. "¡GOL!"
"¡GOL!" RUGÍA LA MULTITUD UNA Y OTRA VEZ,
MIENTRAS EN EL INTERIOR DE LA NAVE LA TRI-
PULACIÓN LUCHABA POR RECOBRAR EL EQUILI-
BRIO Y ATENDER A LOS HERIDOS. ESCUCHARON
LOS GRITOS DE "¡GOL!" Y EL CAPITÁN, SACU-
DIENDO LA CABEZA COMENTO: "NOS ESTARÁN
DANDO LA BIENVENIDA CON MUCHO ENTU-
SIASMO, PERO A ESTE PLANETA YO NO VUELVO
JAMÁS".

BB-9 nuevamente se limpió las lágrimas de los ojos. Sorprendido, primero miró a Kate, luego a Willie y sacudió la cabeza.

¿NO SE ESTÁN RIENDO? ¿NO ES DIVERTIDÍSIMO?

—Oh, sí, es muy divertido, superdivertido—dijo Kate.

PERO USTEDES NO SE RÍEN. ¿CUÁNDO ES QUE LA GENTE SE RÍE POR AQUÍ? ESO ES LO QUE ME GUSTARÍA SABER.

—BB-9, yo te estaba oyendo y pensando cómo reaccionaría la gente que está en el estadio. Eso es todo.

¿NO CREES QUE LES PAREZCA DIVERTIDA MI HISTORIA?

—No sé. Pero no se acostumbra a contar chistes en este tipo de encuentros. Nadie lo ha hecho.

—Estos encuentros antes de los partidos se realizan para entusiasmar a la gente para el juego—añadió Willie.

CREO QUE AHORA ENTIENDO LO QUE ME DICEN. USTEDES PIENSAN QUE LA HISTORIA NO TIENE NINGUNA RELACIÓN CON LO QUE ESTÁ OCU-RRIENDO EN EL ESTADIO.

—No, eso no es lo que estamos diciendo.

BB-9 decidió no escucharla y continuó:

BUENO, QUIZÁS TIENEN RAZÓN. DEBO CONTAR-
LES UNA HISTORIA MÁS CORTA, DE MAYOR EN-
TUSIASMO Y QUE SE AJUSTE MÁS AL TEMA.
DÉJENME VER…TIGRES…TIGRES…

BB-9 aceleró el paso al sentir los vítores cada vez
más cerca.

En el estadio

¡QUÉ ESPECTÁCULO MÁS ALEGRE!

BB-9, Kate y Willie acababan de salir de la neblina y el extraterrestre miraba con admiración a su alrededor.

Abajo, una escuadra de muchachas sacudían sus pompones y animaban al público mientras la banda de música tocaba la marcha de los Tigres. La multitud seguía el ritmo con las palmas. De repente, una de las chicas dio una complicada pirueta y emocionada exclamó:—¡Aquí está el capitán de los Tigres…Ronnie Abernathy!

El público se puso de pie y coreó su nombre cuando Ronnie se adelantó para saludar. Agachó la cabeza y se rascó un hombro. Enseguida dijo:—Ejém, solamente quiero decir que...bueno...mañana vamos a jugar con todas nuestras fuerzas y espero que todos ustedes estarán...ehhh...estarán muy orgullosos de nosotros.

—¡Ronnie! ¡Tigres! ¡Duro con ellos! ¡Ra-ra-ra!

BB-9 sonreía. Se sentía tan fascinado como un niño en Disneylandia. Recorrió los alrededores, se paseó por los bancos de los jugadores y, finalmente, entró en la pista.

—¡Deténlo, Willie!—suplicó Kate mientras se restregaba nerviosa las manos.

—No creo que podamos. Lo único que nos queda por hacer es no perderlo de vista.—Tragó en seco—. Y recoger lo que quede de él.

Willie la tomó por la mano y fueron detrás de BB-9.

BB-9 se dirigió adonde se encontraban las muchachas para admirar sus acrobacias. Jamás había visto algo parecido en otro planeta. Las chicas, encaramándose unas encima de las otras, formaron una pirámide humana y, cuando saltaron ágilmente a tierra terminando el ejercicio, el extraterrestre aplaudió entusiasmado junto con el público. Entonces, se viró y levantó los brazos pidiendo silencio. Había llegado el momento para un buen chiste.

—¿*Quién* es ese tipo?—preguntó alguien en las gradas—. ¿Qué diablos está haciendo en la cancha?

—Probablemente va a anunciar algo. Quizás a alguien se le quedaron las luces del carro encendidas—respondió otro.

ESTUDIANTES TERRÍCOLAS. DAMAS Y CABALLE-
ROS.

La escuadra de muchachas dio un paso hacia atrás,
mirándolo y a la expectativa. Su voz poseía ese tono me-
tálico de micrófono que los estudiantes estaban acos-
tumbrados a respetar. El público se puso de pie como si
fueran a cantar el himno nacional, con la cabeza derecha
y los brazos a los costados. Los pompones cayeron al
suelo.

PROBABLEMENTE USTEDES SE ESTÉN PREGUN-
TANDO QUIÉN SOY YO Y POR QUÉ MOTIVO ME
HALLO EN ESTE ACTO.

Sonrió.

BIEN, LA VERDAD ES QUE SOY UN HABITANTE DE
OTRA GALAXIA DE VISITA EN LA TIERRA.

Kate dejó escapar un quejido.—Lo que va a ocurrir es
terrible, Willie. Sencillamente, terrible—dijo y se apoyó
en el brazo de su amigo.

—Lo sé—respondió Willie sacudiendo la cabeza, impotente y triste, como un amigo viendo a otro encami-
narse a una catástrofe—. Me da mucha pena.

ESTOY CUMPLIENDO UNA MISIÓN. UNA ESPECIE
DE MISIÓN HUMORÍSTICA.

—¿Qué fue lo que dijo que estaba cumpliendo?

Ahora la mayoría de la gente miraba a su alrededor, confundida, en busca de un motivo para la interrupción.

—¿Dijo que estaba de visita en la Tierra?

—Sí, eso fue lo que me pareció oír.

—¿Dónde tiene escondido el micrófono?

—Si es un anuncio, ojalá que acabe pronto.

Y AHORA, ESCUCHEN MI PRIMER CHISTE.

—¿Chiste? ¡*Chiste*!

La palabra circuló entre el público, fila tras fila. Se hizo un silencio absoluto. El mismo tipo de silencio que tenía lugar cuando "El mulo" Morris cometía un error y el equipo contrario anotaba puntos.

Una madre, de mejor corazón que el resto, comentó:

—Probablemente entró en alguna sociedad estudiantil y lo están obligando a hacer esto.

—Bueno, no debería ser aquí. Deben dejar las iniciaciones para horas de clases.

—Estoy de acuerdo.

BB-9 observó, por primera vez con inquietud, a la multitud silenciosa. Se tiró la camiseta y cruzó los brazos sobre el pecho.

BUENO. COMENZAMOS...

De repente, su voz sonó estridente en esa noche de octubre.

HABÍA UN EQUIPO DE FÚTBOL LLAMADO LOS

TIGRES.

Tan pronto dejó escapar la palabra "tigres", las chicas de la escuadra dieron vivas, e hicieron cuanta acrobacia le es posible a un cuerpo humano. La palabra "tigres" tenía ese efecto sobre ellas. Daba la impresión de que estuvieran programadas para dispararse cada vez que la oían.—¡Vivan los Tigres! ¡Vivan los Tigres! ¡Ra-ra-ra!

Ahora, las chicas, en su emoción, se colocaron frente a BB-9. El ser espacial se abrió paso entre brazos, piernas y pompones, y se aclaró de nuevo la garganta. Continuó a un volumen más alto.

POR TANTO, ESTOS TIGRES ERAN...

—¡Vivan los Tigres! ¡Ra-ra-ra! De súbito, la multitud se contagió.—¡Vivan los Tigres! ¡Ra-ra-ra!—La palabra causó la habitual reacción en cadena y pronto todo el estadio, salvo Willie y Kate, estaba repitiendo a coro:— ¡Vivan los tigres! ¡Ra-ra-ra!

Pero BB-9 no se daba fácilmente por vencido. De nuevo, se aclaró la garganta.

Y LOS TIGRES SE ESTABAN PREPARANDO PARA SU PARTIDO CONTRA LOS INDIOS DE SÉNECA.

La multitud dejó de gritar ¡Tigres! justo a tiempo para escuchar a BB-9 decir "Indios de Seneca". Y no le gustó lo que oyó.

Ahora los comentarios que recorrían el estadio eran

de tono mucho menos amistoso.

—¿Dijo que *él* es hincha de los Séneca?

—Eso fue lo que le entendí.

—Con razón es tan raro.

—Es porque es de Séneca.

—¿Oíste eso? ¡El tipo es de Senecaaaaa!

La voz corrió como la pólvora de un extremo al otro del estadio. Dos muchachos de la primera fila se pusieron de pie. El equipo de fútbol también se levantó y, juntos, los forzudos avanzaron amenazadores.

BB-9 dio un paso hacia atrás.

De las graderías salieron disparados otros muchachos, brincando por encima de los espectadores, para confrontar a BB-9.

—Tenemos que sacarlo de aquí—dijo Kate.

Salió corriendo como un relámpago, esquivando a las sorprendidas chicas que rodeaban a BB-9 y lo agarró por el brazo. Estaba allí de pie, contemplando con una especie de horrible fascinación cómo la multitud se iba acercando.

—¡Vámonos!

¿PERO QUÉ HICE? ¿QUÉ...?

Kate lo hizo darse la vuelta violentamente y juntos partieron corriendo en dirección al túnel de salida de los jugadores. Kate iba mirando el suelo pero podía escuchar los gritos e insultos de la gente que iba detrás de ellos, saltando frenética a la cancha para comenzar la persecución.

—Por aquí—Kate le señaló cuando alcanzaron la entrada.

Detrás de ellos, se oyó el jadeo de Willie.

—Sigue recto—dijo—. Voy a tratar de engañarlos para que le den la vuelta al gimnasio.

Se apoyó en una reja de la entrada para recuperar su aliento. Tan pronto como el primero de la multitud apareció de entre la neblina, se enderezó.

—¡Fueron en esa dirección! ¡Apúrense! ¡Por allí!—mintió.

Señalando con el brazo levantado, observó cómo desaparecían rumbo al gimnasio.

—¡Por allí!—indicó, apuntando en la misma dirección a la segunda oleada.

Como reses en una estampida, rugieron alrededor del gimnasio de la escuela y se perdieron en la neblina.

Willie se quedó esperando en la reja de entrada, escuchando los gritos de confusión en la distancia.

—¿Por dónde fueron?

—Por aquí.

—No, por allá.

—Seguramente cortaron camino por el estacionamiento.

Cuando Willie sintió que la gritería se apagó, dio la vuelta y corrió en busca de BB-9 y Kate.

La despedida

Los siguientes diez minutos fueron tumultuosos para Kate y BB-9. Kate no sabía si la muchedumbre los estaba persiguiendo o no, pero corrió y corrió por entre la neblina detrás de BB-9. Atravesaron calles, saltaron patios, cruzaron lotes de estacionamiento. Unas veces pisaban tierra, otras hierba o asfalto.

Se fueron alejando de la ciudad. Ahora corrían a través de terrenos, saltando cercas y evitando árboles. Se escuchó el mugido de una vaca en la distancia y BB-9 apretó la mano de Kate con más fuerza.

Finalmente, se inclinaron para pasar por debajo de las ramas bajas de un árbol y se detuvieron en un pequeño claro. BB-9 escuchaba con la cabeza ladeada. En el silencio que reinaba, lo único que Kate podía oír eran los latidos de su propio corazón.

SERIÁ PELIGROSO PARA TI ACOMPAÑARME
MÁS LEJOS...EL DESPEGUE, ¿ME ENTIENDES?
NOS DESPEDIREMOS AQUÍ.

—¿Pero nunca más volveré a saber de ti?—preguntó Kate. Sintió que algo se escapaba de su vida, algo imposible de reemplazar.

BB-9 sonrió torcidamente.

NO ES PROBABLE. EN CIERTA MEDIDA, LA TIE-
RRA ES UN PLANETA ORDINARIO. SI NO HUBIERA
SIDO POR LA RISA Y POR TU RETRATO, COMPU-
GENIO, POSIBLEMENTE NUNCA HUBIERA VE-
NIDO.

—¿Me puedo comunicar contigo por la computadora alguna vez? ¿Me responderías?

NO ES PROBABLE.

BB-9 dio la vuelta. La niebla rodeaba su delgada figura y, por un instante, todo lo que Kate pudo distinguir fue el círculo pálido de su cara.

—Por favor, no te vayas todavía—dijo apresurada—. No puedo soportar que te marches así, sintiendo lo que sientes sobre la Tierra...sobre nosotros.

NO ME QUEDA MÁS REMEDIO. EN ESTE MISMO
INSTANTE DEBIERA ESTAR EN UNA ÓRBITA DE
IOXIA, PREPARANDO MI VISITA ANUAL. ME HE
QUEDADO AQUÍ DEMASIADO TIEMPO. EN
CUESTIÓN DE MINUTOS, ME HALLARÉ EN CA-
MINO. DESAFORTUNADAMENTE, NO FUI TAN DI-
VERTIDO COMO PENSÉ QUE IBA A SER.

—¿Dónde está Ioxia? ¿A qué distancia?

IOXIA ES CONOCIDO COMO EL PLANETA MALO-
LIENTE. QUIZÁS POR ESE MOTIVO QUERÍA ESCU-
CHAR EL SONIDO CRISTALINO Y FRESCO DE
UNA BUENA RISA ANTES DE SALIR PARA ALLÁ.
BUENO, COMPUGENIO, ADIÓS.

Kate tragó en seco y respondió:—Adiós, BB-9.

BB-9 se alejó y desapareció en la neblina. Kate esperó. Pasado un momento, la neblina se abrió, como si
fuera una cortina, y de nuevo distinguió a BB-9, sonriente.

¿SABES QUÉ TIENE QUE HACER UN IOXIANO
PARA APESTAR UN PLANETA?

Kate aguardó en silencio. BB-9 aumentó su sonrisa.

SOLAMENTE PUFFFF.

Súbitamente, Kate echó la cabeza hacia atrás y soltó
una carcajada. Su risa era sincera y eso la sorprendió.

No recordaba haberse reído con un chiste anteriormente—y probablemente nunca lo haría de nuevo—pero el chiste era mucho más que el olor de los ioxianos.

¿TE HIZO GRACIA?

Kate asintió con la cabeza. Nunca antes se había reído así y alargó la mano para apoyarse en un árbol. Sus carcajadas se oían en todo el claro.

¡CARAMBA! MUCHAS GRACIAS, COMPUGENIO.
MUCHAS GRACIAS.

BB-9 le sonreía con satisfacción.

BUENO, Y HABLANDO DE GENIOS, YO ME ES-
FUMO.

Giró sobre sus talones y de nuevo se perdió en la neblina.

Kate permaneció de pie inmóvil. Esperó, sin saber con exactitud lo que estaba esperando. Repentinamente, escuchó un ruido entre los matorrales a su espalda. Oyó el crujido de ramas rotas y se dio la vuelta.

—¿Quién está ahí?

—¡Soy yo!

Willie entró tropezando en el claro, totalmente sin aliento.—He corrido millas detrás de ustedes. Pensé que jamás los iba a alcanzar. ¿Dónde está él?

—Se fue.

—Se fue del todo o…—respiró profundo—. ¿Se fue?

—Tenemos que quedarnos aquí debido al despegue.—Kate lo miró—. Gracias por lo que hiciste, Willie. Eres un genio.

—¿Yo? No—hizo una pausa, tratando de recobrar el aliento—. Yo…yo no hice nada.

—Sí, claro que sí. No nos hubiésemos podido escapar si no se te hubieras ocurrido confundirlos.

—Lo vi una vez—hizo otra pausa y respiró—. En una película de vaqueros.

—Como quiera que sea, nos salvaste.

—¿Me lo perdí?

—¿Qué cosa?

—El despegue.

—No sé.

—Seguro que sí, siempre me lo pierdo todo—respiró hondo—. Por ejemplo, entro a ver televisión y alguien inmediatamente me dice que acabo de perderme lo mejor del programa…

De súbito, Willie estiró su brazo y agarró el de Kate.

—¿Viste eso?

—¿Qué cosa?

—Esa luz. Allá, en el cielo.

—No sé. Puede ser una luz de la ciudad. ¿No es un reflejo producido por la neblina?

—No lo que yo vi. Fue algo como una raya que subía al cielo. Fue…—Willie aspiró hondo—… Fue BB-9.

Esperaron, mirando juntos el cielo.—Ojalá que BB-9 se hubiera quedado más tiempo, al menos lo suficiente para contarnos por qué las ambulancias de Exxyor tienen ruedas cuadradas. ¿No te parece?

Kate asintió con la cabeza.

—Y por qué las enfermeras de Plotovia tienen sombreros puntiagudos.

—Quizás, porque tienen cabezas puntiagudas—señaló Kate.

—Puede ser—aceptó Willie y como si se hubieran puesto de acuerdo, dieron la vuelta y empezaron a caminar rumbo a sus casas.

Kate entró en la cocina y se quitó la capucha de la chaqueta. Sobre el piso cayeron gotas de lluvia.

Cassie estaba reclinada sobre la mesa. A su alrededor se amontonaban los restos de la fiesta: globos reventados, sombreros rotos, servilletas mojadas, pedazos de torta por todas partes.

—¿Qué tal salió la fiesta?

—¿No lo estás viendo? Fue una pesadilla—respondió Cassie—. La caniche de Minna se puso tan nerviosa con el babeo de Heidi, que se orinó por toda la casa. Tuve que seguirla por todas partes para cubrir sus charcos con servilletas. Un solo charco me tomó trece servilletas de papel. ¡Trece!

—Terrible.

—Y entonces, llegó papá y dijo que tú estabas con un extraterrestre en el sótano y que bajáramos a verlo. Cuando íbamos, de repente Heidi enloqueció, totalmente chiflada, como si hubiera olfateado algo extraño.

Bajó corriendo los escalones y empezó a arañar la puerta de la cochera, y sabes que tiene uñas bien largas. ¿Se las has visto, verdad?

Kate movió la cabeza asintiendo.

—Bueno, dejó enormes arañazos en la puerta...*enormes* y profundos. Papá se puso furioso y dijo que nunca más puedo volver a traer perros. Me lo dijo con esa cara que pone cuando está bien molesto: "Cassandra, más nunca vuelvas a invitar perros a esta casa". ¿Puedes creer?

Kate sonrió.

—Bueno, tú por lo visto ya te sientes mejor—señaló Cassie—. Estás sonriendo como si fueras la misma de antes.

—Me siento mejor que antes.

—Ojalá a mí me pasara lo mismo. Quiero decir, me has tenido preocupada dos semanas, muy preocupada. Y ahora ahí estás, sonriendo, saliendo con Willie al "Palacio de las Hamburguesas" y recibiendo visitas de extraterrestres en el sótano. Ahora soy yo la que me siento mal. No tuve con quién ir al estadio y mañana tengo que rellenar todos los arañazos que dejó Heidi en la puerta.

Riendo, Kate se levantó y salió en dirección a su dormitorio. Abrió las cortinas.

Afuera, la niebla se iba disipando. En un pedazo de cielo despejado, pudo distinguir una sola estrella. Respirando hondo, dejó escapar un suspiro y se quedó mirándola hasta que desapareció en la noche.

Rumbo a Cabrigilio

Kate abrió con brusquedad la puerta de la oficina. Los pacientes que esperaban a su papá levantaron los ojos de las revistas. Corrió al escritorio de la señorita Markham.

—Papá me dijo que recibí un mensaje ayer en la computadora.

Trató de recobrar el aliento. Había venido corriendo todo el camino desde la escuela.

—Y se olvidó de llevármelo a casa. Ni siquiera me lo dijo sino hasta hoy por la mañana. ¡Qué cosa! ¡Algo tan importante como un mensaje en la computadora!

—Aquí lo tengo.

La señorita Markham abrió su gaveta y sacó un pedazo de papel.

—¿Es de quien pienso?

—Sí, es de tu amigo espacial. Sólo que para la próxima vez, dile que no me interrumpa cuando estoy trabajando en las cuentas. Me distrae.

—Se lo diré—prometió Kate, tomando la hoja de papel.

De pie en medio de la oficina y con una sonrisa en los labios, leyó:

SALUDOS, COMPUGENIO. TE DAS CUENTA QUE DECIDÍ COMUNICARME CONTIGO A PESAR DE TODO. AHORA ESTOY PARTIENDO DE IOXIA. ME FUE PEOR QUE LO HABITUAL EN ESTA OCASIÓN, LO QUE ME HA PUESTO A PENSAR EN ALGO DIVERTIDO.

¿QUÉ ES PEOR QUE OLER UN IOXIANO? PUES, OLER DOS IOXIANOS. ELMER CONTESTO CON SU JA-JA Y ESPERO QUE A TI TE OCURRA IGUAL. DE VEZ EN CUANDO, CUANDO SE ME OCURRA ALGO GRACIOSO, ME PONDRÉ EN CONTACTO CONTIGO PARA CONTÁRTELO. AUNQUE NO TE PUEDA OÍR REÍR PERSONALMENTE, TENGO LA CAPACIDAD DE REPRODUCIR TU RISA EN MI MENTE Y SIEMPRE ME ACOMPAÑARÁ. MI PROXIMA PARADA ES EN EL PLANETA CABRIGILIO. ¿SABES QUÉ DESAYUNA UN MONSTRUO CABRIGILIANO DE DOS CABEZAS Y OCHO BRAZOS? A

QUIEN QUIERA. AH, SÍ. ¿QUÉ DICE UN CANARIO
CABRIGILIANO DE DOSCIENTAS LIBRAS? VEN,
GATITO, VEN.

PODRÍA INVENTARME CHISTES SOBRE CABRIGI-
LIO EL DÍA ENTERO. ES UN PLANETA MUY LOCO.

UNA MAMÁ MONSTRUO DE CABRIGILIO ESTÁ
EMPUJANDO UN COCHE CON SU BEBÉ EN EL
PARQUE. UN SEÑOR QUE PASA LE DICE: "SE-
ÑORA, LOS DIENTES DE SU BEBÉ PARECEN CLA-
VOS OXIDADOS, LOS HOYOS DE SU NARIZ
RECUERDAN CUEVAS DE RATAS, SUS OJOS SE-
MEJAN DOS CARBONES ARDIENTES Y SU
ALIENTO APESTA COMO BASURA".

"GRACIAS, SEÑOR", LE RESPONDE LA MAMÁ
MONSTRUO.

—No vengas a decirme que eso es gracioso—dijo la
señorita Markham.

Kate levantó la vista, sonriente, y asintió.

—Sea quien sea el que lo mandó, tiene un humor muy
estratosférico.

—Es verdad—admitió Kate.

—¿Al fin conociste a este...? ¿Cómo es que se hace
llamar?

—BB-9. Sí, lo conocí personalmente.

—¿Y se parecía a sus chistes?

—Es exactamente igual.

Kate le dio la espalda y su sonrisa se acentuó al terminar de leer el mensaje. Apretando la hoja de papel contra su pecho, tomó el teléfono para llamar a Willie.

POSTDATA: LE CONTÉ A MI ROBOT ELMER SOBRE LAS PIRÁMIDES QUE FORMAN LAS MUCHACHAS DE LA ESCUELA Y CONVENCIÓ A OTROS ROBOTS DE HACER LA ACROBACIA. NO TUVE EL VALOR DE DECIRLES QUE HABÍAN FORMADO LA PIRÁMIDE AL REVÉS. BB-9 CIERRA CONTACTO.

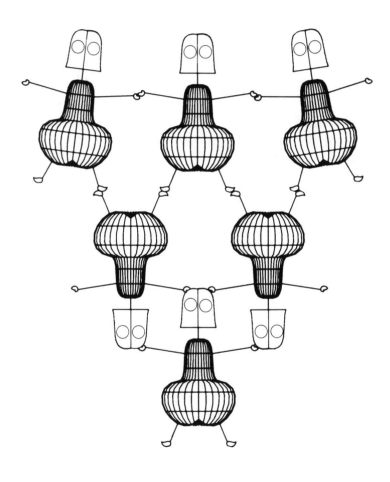

Acerca de la autora

Betsy Byars nació en Charlotte, North Carolina, donde vivió hasta que se graduó de Queens College.

Madre de cuatro hijos, la señora Byars comenzó a escribir libros para sus niños según su propia familia fue creciendo. Es autora de numerosas obras, entre ellas *The Summers of the Swans*, que fue galardonado con el Newbery Award.

La señora Byars ahora reside en South Carolina, donde su esposo está asociado a la Universidad Clemson. Ella y su esposo han viajado por todos los Estados Unidos para satisfacer un interés mutuo en planeadores y aviones antiguos.